內藤騎之介

插畫やすも

Farming life
in another world.

Kadokawa Fantastic Novels

異世界悠閒農家

Farming life in another world.

Prologue

Presented by
Kinosuke Naito
Illustration by
Yasumo

〔序章〕

特殊部隊

早晨「五號村」居民通知警備隊，確認狀況發生。
五名警備隊員緊急趕往現場，依然無法解決。
中午又派出十三名警備隊員前往，更得到鄰近居民協助，依然無法解決。
在這個階段警備隊已聯絡陽子，但陽子只表示允許他們先斬後奏。
到了晚上，目前為止實行七種方案，但全部失敗。警備隊判斷已束手無策，請陽子做決定。
陽子接獲通知相當煩惱。該優先顧及的，是事後村長的情緒。考慮到村長的性格之後……她將做決定一事丟給村長。

「小狗掉進『五號村』下水道，沒辦法脫身？」
晚餐後，我接到陽子的報告。
現場在「五號村」山腳，該地的住家與店鋪相當多。
小狗掉進用來將雨水等液體排往下水道的洞，這種洞平常應當會蓋住，這次似乎沒蓋好。洞不是垂直而是斜的，因此小狗縱然往下滑了約三公尺，仍舊僥倖生存。不過，那個洞的尺寸沒辦法讓人進去，燈光也照不到深處，所以看不見小狗的身影。
只能從叫聲判斷牠還生存。儘管已經試過許多方法，救援始終不順利，目前是最終階段。
看是要破壞住家與下水道以救出小狗，或者拋棄小狗。
「小狗自己逃出來的可能性呢？洞是斜的吧？」
「雖然不是垂直的，不過小狗要靠自己爬上來恐怕很難。」
「用魔法呢？」
「為了避免敵對勢力製造破壞，下水道做過反魔法處理，沒辦法。」
「陽子變成狐狸的模樣鑽進去呢？」
「很遺憾，就算縮到最小，要進去還是很難。」
若是陽子的女兒一重或許做得到，但陽子不願把一重送到看不見的地方，我也不想讓一重涉險。
嗯～要做決定確實很難。確認警備隊至今用過的救援方法之後，發現我想得到的全都試過了。
沒辦法。最保險的方法，大概是從不會造成問題的地方挖洞過去救牠吧。我可以挖。
「不過，這招行不通。」
陽子否定了我的意見。
「因為沒時間。設計下水道的人表示，一旦下雨，小狗所在的地方就會被淹沒。」
「那就別讓雨水從洞口流進去……呃，沒用對吧？」
「嗯。一旦下雨，流過下水道的水量就會增加，而小狗所在的位置，很可能就是為了在降雨時增加下水道容量所設的儲水槽。然後，晚上會下雨。」

這種事希望妳早點講。沒時間悠哉了，開始行動。

「要破壞住家嗎？」

陽子向我確認，但也別無他法了吧。

「……知道了，我這就安排。」

麻煩了。

我這麼說完便站起身，然而這個時候有隻手……不對，座布團把腳放到我肩上。怎麼啦？正當我感到疑惑時，座布團的孩子們害羞地來到我面前。

…………

我看向陽子，陽子便大力點頭，隨即返回「五號村」。

深夜，雨滴滴答答地下了起來，此時我抵達只有警備隊在的現場。

居民去避難了。現場扣掉警備隊，只有我和陽子，以及拳頭大小的座布團孩子七隻。牠們是為了這次的小狗救援行動，而編組的特別部隊。

沒有任何問題……是不可能的。看見座布團的孩子們後，警備隊員接二連三地昏倒。明明就沒那麼恐怖。好乖、好乖，別沮喪喔。

大家打起精神展開行動。

內容很單純，七隻座布團的孩子進入洞穴，確保小狗後回來。僅此而已。

因此，我負責守望衝進洞裡的座布團孩子們。

順帶一提，昏過去的警備隊員則按照陽子的意見放著不管。好像是因為，如果把他們叫醒，大概又要吵吵鬧鬧，抱歉了。

一會兒之後，洞裡傳來叫聲。

好像是小狗的叫聲……怪了？是不是有點凶啊？我以為小狗的叫聲比較高耶？

就在我感到疑惑時，洞裡傳來爆炸聲。怎麼回事？座布團的孩子們在戰鬥嗎？以小狗的抵抗來說，未免太激烈了。

正當我和陽子商量該怎麼辦時，座布團的孩子們出來了。七隻。還好，全都平安無事。

至於牠們後面，那隻被絲線綁住拖上來的……怎麼回事？雖然是小狗，卻有兩個頭。

陽子告訴我，那是一種叫雙頭犬（Orthrus）的魔獸。原來如此。這種魔獸很常見，所以連小狗跑進城鎮都沒人注意吧？

「怎麼可能啊。雖然沒地獄狼那麼誇張，雙頭犬也是相當危險的魔獸。想成某人把牠帶進來後，不小心讓牠溜走又掉進洞裡比較自然。」

這樣啊。

「雙頭犬幼崽進『五號村』這件事，我沒接到報告。換句話說，應該把牠當成敵對勢力幹的好事……不可原諒。」

陽子生氣了。

此時，約有五個被絲線綁住的男性落在生氣的陽子面前。我抬頭一看，半張榻榻米大小的座布團孩子——吊頸蜘蛛在屋簷上排排站。

換句話說，你們幫忙抓住這次事件的犯人了？謝謝。

不過，在「五號村」行動……陽子私下給你們許可了是吧。隱密特殊部隊嗎？很帥嘛。

參與救援行動的座布團孩子，向吊頸蜘蛛們揮腳致意。

吊頸蜘蛛抓到的五人，是其他國家的入侵者。

他們偷偷把雙頭犬幼崽帶進「五號村」，在村內飼養。據說打算等雙頭犬長大後讓牠鬧事。

還真有耐心。

然後，我好像在哪邊聽過類似的…………喔，和蒂潔爾他們扯上關係的王都事件。記得那邊是巫妖吧？雖然應該不是飼養。

…………

這點是不是該向魔王或比傑爾報告，請他們檢查每座城鎮？其他地方也有份的可能性很高。

「夏沙多市鎮」真令人擔心。

「夏沙多市鎮」也發生同樣的狀況，可是米優已經解決了。真厲害。

不過，這種事還是希望能報告一下啊……

異世界悠閒農家

Farming life in another world.

Chapter.1

Presented by
Kinosuke Naito
Illustration by
Yasumo

〔第一章〕

雙頭犬與打雪仗

01.住家　02.田地　03.雞舍　04.大樹　05.狗屋　06.宿舍　07.犬區　08.舞臺　09.旅舍　10.工場
11.居住區　12.澡堂　13.高爾夫球場　14.進水道　15.排水道　16.蓄水池　17.泳池與相關設施
18.果園區　19.牧場區　20.馬廄　21.牛棚　22.山羊圈　23.羊圈　24.藥草田　25.新田區　26.賽跑場
27.迷宮入口　28.花田　29.遊樂設施　30.看守小屋　31.正規遊樂設施　32.動物用溫水浴池
33.萬能船專屬船塢　34.世界樹　35.高爾夫球場　36.高爾夫相關建築　37.養蝦池

1 事後報告

米優在「夏沙多市鎮」解決的事件，扯上關係的魔物是賽蓮（Siren）。是一種上半身是人類，下半身是魚的魔物……似乎算是人魚的一種，被視為亞人。

特徵是會藉由歌聲，讓聽者失去理智。如果讓賽蓮在街上唱歌，想必會引發很大的混亂。不，好像真的讓賽蓮唱歌了，但是沒造成危害。

據說犯人們原先將賽蓮關在船上等待時機。他們沒虐待賽蓮，反倒為了讓賽蓮能夠以萬全狀態唱歌而細心照料。

結果，賽蓮成了胖子。而且胖得很誇張。

「人魚啊，平常全身都在運動，所以一旦被關起來，很快就會發胖喔～」

在我旁邊探出頭看報告書的露這麼表示。原來如此。

於是，歌聲失去了效果。不，正確說來沒有失效，只是唱不出來而已。唱一句就會喘氣的賽蓮，到底胖成什麼地步啊？

無論如何，該慶幸對方沒事先演練。不過嘛，假如讓賽蓮試唱，事情恐怕就要穿幫了吧。他們大概別無選擇。

目前賽蓮正在海裡進行短期集中減肥。等到減肥完畢之後，似乎會在港口擔任領港員。

有沒有打算回原本的……被關起來那段期間，迷上了油炸物是嗎？呃，叫他們提醒一下賽蓮，注意不要復胖吧。

試圖在「夏沙多市鎮」引發混亂的犯人一共八個。他們以停在港裡的船為據點，而且還負責蒐集情報的樣子。

「夏沙多市鎮」沒收那艘船，確保了許多證據。至於犯人……交給代官了是嗎？畢竟是魔王國的問題，這麼做也是理所當然的吧。

在「五號村」抓到的五人，也送到「夏沙多市鎮」的代官那裡了。

一來「五號村」實在沒辦法接納恐怖分子，二來不能隨便放人，這應該算比較保險的應對方式吧。

在「五號村」確保的雙頭犬幼崽，最後決定由「大樹村」飼養。雖然也曾考慮把牠送回被抓的地方，但那裡是人類的國家，因此不得不放棄。

即使在我們看來只不過是送牠回去，然而把雙頭犬幼崽送進人類國家可能會引發騷動。

儘管也曾考慮把牠養在「五號村」，但人手好像不夠。

雙頭犬好像既衝動又暴躁，就算還小也不例外。所以，如果沒有人隨時陪在旁邊，會惹出麻煩──聽完這些之後，只能由「大樹村」收留了。

不過，接手是無妨，但也只會變成放養喔？算了，說不定有哪隻小黑的子孫，會願意照顧牠。

對了、對了，那隻雙頭犬幼崽很排斥我，一靠近就叫，讓我有點受到打擊。陽子也不行。或許是因為被座布團的孩子們綁過，導致牠戒心很重。

不過，牠好像願意服從那些座布團的孩子們，所以勉強還是透過傳送門將牠帶來「大樹村」了。

這隻雙頭犬幼崽，到了小黑和小雪面前就開始裝死。無懈可擊。連我擔心地搖了兩下，都沒有半點動靜，我還以為牠真的死了。

然而，小黑和小雪可不會被裝死騙倒。不，牠們好像覺得雙頭犬幼崽怎麼樣都無所謂，但是我表現得很擔心讓牠們不滿。

小黑輕輕吠了一聲，雙頭犬幼崽便立刻起身。反應實在太大，結果變成用雙腳站立，有點好笑。唉呀，大家好好相處吧。

魔王那邊也抓到好幾批可疑人物，似乎在我聯絡之前就已經採取行動了。

逮捕是由蒂潔爾指揮？這是怎麼回事？沒到現場，而是待在王城發號施令？不，話是這麼說啦，但是別給我女兒太重的負擔……本人自告奮勇？她從蒐集的情報精準地推測出對方的藏身之處，在事情發生前就逮捕犯人，活躍得難以想像是我的女兒，令人感到驕傲。

不對，不是感動的時候。雖然這樣確實很安全……怪了？負責逮捕的實行部隊裡有戈爾他們是怎麼回事？現場指揮官？他們還是孩子喔？在魔王國或許看重實力，但是拜託別讓他們做些不合理的工作。

呃，已經結婚了應該能獨當一面，這點確實沒錯啦。嗯……關於戈爾他們的事，就交給他們自己判斷吧。別丟些不合理的難題給他們喔。對了、對了，要是太忙，他們就沒辦法當投手了啦。

然後，犯人……或者說幕後黑手，就是戈爾繕王國嗎？我還以為那邊不久前才發生政變，執政者和國名都換了……是這樣沒錯，但沒這麼單純？幕後黑手雖然是戈爾繕王國內部的組織且組織已經瓦解，可是送往各地的實行部隊還留著，現在都是各自行動？不撤退嗎……想撤退也沒有國家可回是吧。

雖然旁人會覺得乾脆投降就好，然而他們是企圖引發混亂的人，不曉得自己會遭到什麼樣的處置，所以也不敢投降？嗯……這種心情我明白，但就算是這樣，也不用老實地執行命令吧？做了也得不到讚賞啊。

總之，抓到的人交給魔王國處置，我不插手。雖然兩件事沒有直接關係，不過我把座布團的孩子帶到「五號村」這件事，麻煩就忘了吧。

因為是緊急狀況，來不及聯絡，會使用傳送魔法的始祖大人又喝得爛醉如泥。雖然送出小型飛龍通訊，但我也曉得事情結束後才會到，抱歉。

…………

縱使道歉的是我，但是這麼簡單就原諒好嗎？對我來說再好不過就是了。嗯？想看看救出來的雙頭犬幼崽？因為是在魔王國也很罕見的魔獸？可以啊。呃，雙頭犬幼崽在哪裡啊？

雙頭犬幼崽躲在古隆蒂背後。牠好像很黏古隆蒂。

是因為都有不止一顆頭，所以產生了同伴意識嗎？看來不是呢。古隆蒂沒有變成龍，雙頭犬幼崽應該不知道古隆蒂是有好幾個頭的龍才對。

換句話說……大概只是找到這裡最強的人物，然後服從對方而已。

看來牠沒給古隆蒂添麻煩，古隆蒂也很喜歡雙頭犬幼崽。那麼，雙頭犬幼崽就交給古隆蒂吧。

不過，要是太寵牠，當丈夫的基拉爾會吃醋，要注意喔。這麼告訴古隆蒂後，反而被她笑了。

魔王，雙頭犬幼崽就在古隆蒂背後喔。

我這麼告訴魔王，此時貓姊姊和小貓們正纏著他。魔王對雙頭犬幼崽感興趣，好像讓貓姊姊與小貓們吃醋了。感情真好耶。我也好想讓牠們吃醋。

就在我這麼想的時候，露、蒂雅、安和莉亞她們戳了戳我的側腹。

嗯，說得也是。我已經有妳們了。

2 雙頭犬觀察日記

古隆蒂將雙頭犬幼崽命名為歐爾。

歐爾睡在古隆蒂的房間。古隆蒂在房間角落鋪了毯子，歐爾似乎很中意那裡。

不過，基拉爾在的時候，歐爾就會到房間外面睡。大概是因為基拉爾會瞪牠吧。這時的歐爾看起來有點寂寞。

平常的歐爾，總是跟在古隆蒂後面跑，不管去哪裡都跟著。

可是，上廁所和洗澡時就沒辦法跟了。像這種時候，牠就會在門前哀傷地叫。古隆蒂則會露出有點為難的笑容。

古隆蒂為孩子們上課時，牠也沒辦法跟。因為會被孩子們玩弄。起先歐爾還能忍耐，但是牠忍不住叫出來的瞬間，負責護衛孩子們的小黑子孫們立刻將牠團團包圍，牠只好躲到古隆蒂背後發出哀傷的叫聲。

從此以後，歐爾不再靠近孩子們。不，應該是不敢靠近吧？

基於上述理由，每當到了古隆蒂為孩子們上課的時間，歐爾就會作勢攔阻古隆蒂。不過，牠也曉得真的妨礙古隆蒂會惹她生氣，所以只是擺個樣子。

讓古隆蒂輪流摸摸兩顆頭之後，歐爾就會心不甘情不願地讓開，然後賭氣去睡覺。躺了大約一個小時後，歐爾才會開始行動。是牠例行活動的時間。

歐爾的例行活動，就是尋找比自己弱的對象。

然而不是弱就好。歐爾似乎有所堅持，限定用四隻腳生活的生物，所以我和史萊姆排除在外。

對象有地獄狼、芬里爾、半人馬族、馬、牛、豬、綿羊、山羊…………以及龜和貓。

歐爾很努力。雖然努力，卻沒有成果。

從溫泉地來的獅子、在「大樹迷宮」生活的迷宮行者，也都不行。最近牠常望著遠方陷入沉思。明明只是個孩子。

我想為默默看著遠方的歐爾做點什麼，但是該怎麼辦才好？雙頭犬一般來說都過著什麼樣的生活？我試著詢問露。

「養來看管牛隻的應該不少吧？」

可是牠向牛挑戰之後輸了耶？

「就算彼此是保護者和被保護者的關係，一樣需要分個高下吧？」

或許是這樣沒錯，但是該怎麼做才好呢？

參考露的意見，把歐爾放進牧場區，讓牠顧牛……還是算了吧。畢竟牠也贏不了山羊，搞不好會被欺負。

既然如此……

弄一塊歐爾專用的小牧場，讓牠在那邊工作？啊，有一頭牛願意幫忙。那就試試看吧。

我在居住區裡弄了個五公尺見方的小牧場。

歐爾被古隆蒂帶來這座小牧場。

儘管一臉嫌牧場太小的不滿表情，尾巴卻全力擺動。而且，在古隆蒂下令保護牛之後，牠就開心地叫了。

我的名字叫歐爾，是得到主人賜名的高貴雙頭犬。

主人超溫柔，而且超強，聞氣味就知道。所以她是我的主人。

有個叫村長的男人。

他就不行。氣味太恐怖了，全身上下都是狼和蜘蛛的氣味。

當然，若是普通的狼和蜘蛛，我才不怕，就因為不是普通的才恐怖。我完全不認為自己贏得了。而且，可以讓許多這種恐怖存在聽話的村長，我不能直接向他表示服從。

不是我要違抗他，而是那些已經服從他的傢伙不讓我這麼做。

要是我再強一點……啊，不，我不討厭主人。主人很好。雖然偶爾主人的丈夫來時，我會被趕出去，但是我對主人很滿意。

儘管先前發生過許多事，像是掉進又臭又小的地方，還被蜘蛛用絲線綁起來，不過我現在到了一個叫「大樹村」的地方生活。

我在這裡該做的，就是展現自己的力量。要是我不強，主人會被嘲笑。我絕不容許這種事發生。所以我四處找對象決鬥。啊，限定四隻腳。因為蜘蛛之類的沒辦法。那些會飛的傢伙太奸詐了。兩隻腳的？你要我找誰挑戰？這樣懂了吧？

這些日子我到處挑戰，接連敗北。

輸給地獄狼和芬里爾是沒辦法。牠們是狼，而我是狗。雖然不甘心，但是我還能老實承認自己不如對方。

半人馬族上半身和兩隻腳的一樣。兩隻腳的鬼點子，我實在應付不了，這我也能接受。

可是，馬、牛、豬、綿羊和山羊都很強，我就無法接受了。牠們是我該保護的對象吧？為什麼比我還強？因為我還小嗎？不，跟這點無關。

馬和牛無視我施放的火焰魔法，正面跑過來踢飛我。豬、綿羊和山羊，則各自成群結隊與我對抗。難道牠們習慣作戰了嗎？還是我經驗不足呢？唉，要怎麼樣才贏得了啊？

然後是龜和貓。為何那麼強？龜我懂，因為看起來不是普通烏龜。

貓。額前有閃亮寶石的貓。應該把牠們算在不普通那邊嗎？這樣好嗎？這讓我很煩惱。

可能是看見我這種樣子了吧，半人牛族的小孩模仿牛向我挑戰，然後輸給了我。謝謝你。很高興你這麼溫柔，但是我的心好痛。

我的地位是村裡最低的。雖然和主人待在一起的時候我不介意，一旦和主人分開行動，我就會非常介意。

必須想個辦法。

日子一天天過去，我滿腦子都是這些念頭。就在某一天，主人帶我到一個小牧場。這座牧場真的很小，只有一頭牛。

可是，我在這裡接到了主人的命令。

「去保護牛。」

哦哦哦哦哦哦哦哦哦哦哦哦哦！

這種亢奮感，這種覺得自己無所不能的感覺，究竟是怎麼回事？

主人啊，請包在我身上。我一定會保護好這頭牛！就算自己的地位最低，就算這頭牛比我還要強，我也會達成命令。我的自尊告訴我要這麼做。

…………嗯？牛啊，怎麼啦？不能擅自開門喔。什麼？時間到了要回牧場區？確實，要在這邊過夜或許有點困難。

呃……我該怎麼辦？應該和牛一起行動嗎？

回主人身邊就好？不，可是命令……啊，主人來接我了！耶～

日後。

我看見歐爾在牧場區努力工作。看來牠和大家處得不錯，真是太好了。

只不過，我弄的小牧場才三天就失去用處這件事，請別多做評論。我把它改造成花圃了。

嗯？牛群和歐爾一起……喔，要去溫泉地啊？路上小心喔。注意別讓歐爾迷路了。

我剛說完，歐爾就吠了一聲嫌我沒禮貌。看來牠已經習慣這裡了，真是太好了。

3 廚師

晚飯後，陽子找我商量。內容與即將在「五號村」舉辦的派對有關。

貴族和商人為了打知名度，會頻繁地舉辦派對。在派對上，他們會透過穿著打扮與提供的餐點來誇耀財力，並且自我宣傳。

當然，除了宣傳之外，派對也會成為交換情報與相親的場合，目的與規模各式各樣。然而，「五號村」連小型派對都沒舉辦過。因為辦不成。

其理由在於食物。基本上，食物要自家準備，因為提供的食物絕對不能出問題。為此，照理說該找靠得住的廚師……可是他們過去僱用的廚師，技術似乎還不足以招待習慣「五號村」食物的人。
了嗎？
雖然能理解，但找我商量這種事也沒用吧？磨練現有的廚師，或者另外僱用技術夠好的廚師不就行
不需要我講，貴族和商人們似乎也這麼想。然而，這裡有些問題。首先，磨練現有廚師這部分。
一般來說，廚師的技術就是他用來吃飯的傢伙，所以不能外傳。要學新技術，就必須找懂的人……
找師父拜入門下當弟子。然而……那些能夠受到貴族或商人僱用的廚師，本身已經有不少弟子。自己都
有弟子了，怎麼能找人家拜師呢？也沒人願意把一整批師徒全部收進門下，所以不行。
再來，僱用技術更好的廚師。這麼做就會找上那些已在「五號村」工作的人，不過廚師也講恩情、
講道義。就算人家拿出一大筆錢，也不能立刻把手邊的東西全部丟下跑去任職，所以沒人願意接受。另
外，原本僱用的廚師也會以傷心的表情看著主人，因此似乎不能這麼做。
……把這些告訴我，是要我怎樣？不要勉強辦派對不就好了嗎？
在「五號村」，貴族與貴族、商人與商人的交流會出現問題？是這樣嗎？貴族我是不清楚，但商人
不久前服裝才整齊劃一啊……整齊劃一就是出問題的證據？確實這麼一來大家都不顯眼，最後沒人感到
高興……本來該事先商量好，決定由誰表現得顯眼一點？喔，沒辦法先協調好順序。原來如此，所以才
需要派對。
所以說，我該怎麼做？

於是決定在「五號村」舉辦特別料理教室。

會場是「五號村」山腳的活動設施。教師由三名鬼人族女僕擔任，助手是五名獸人族女孩與五名文官少女，參加者則是在「五號村」工作的廚師們。

…………

過去在「五號村」舉辦的料理教室，以冒險者和「五號村」居民為對象。雖然會定期舉辦，但是廚師沒參加。

所以，我想說以廚師為對象的特別料理教室，只有那些打過招呼的貴族與商人的關係人士會來……但是來太多了吧？有三百人以上耶，沒問題嗎？

向鬼人族女僕們確認後，她們表示能教。因為這段時間舉辦的料理教室，已經讓她們習慣了。那就交給各位嘍。

不過，多找幾個助手應該比較好吧。

由於參加人數很多，所以先分組。每一組五人到八人。之所以出現人數上的差異，是因為種族有所不同。

分成了四十三組，每一組都有爐灶和廚具。爐灶的數量似乎不夠……啊，高等精靈好像在趕工。謝謝妳們，辛苦了。

於是，便由鬼人族女僕進行調理教學……不過首先是衛生觀念教育。這部分並不難。第一個重點是廚師要保持清潔。清洗身體、穿上乾淨的衣服、頭髮長的人把頭髮綁起來，以及洗手要澈底。

再來是調理前的準備。

別把取好放著的水弄髒，食材放在乾淨的地方，餐具隨時保持乾淨，廚具要煮沸過，廚房地板每天都要清理。

最後是調理時的注意事項。

沒事別說話。掉到地上的食材不要直接拿來用，不要拿切過生肉的菜刀去切其他食材。

據我所知，在「大樹村」、「一號村」、「二號村」、「三號村」以及「四號村」，這些都有澈底執行，算是基礎中的基礎。

就算是在「五號村」，陽子宅邸、村議會的廚房、「小黑與小雪」、「青銅茶屋」、「甘味堂科林」、「酒肉妮姿」，以及「麵屋布里多爾」也都有實踐。畢竟食物中毒很可怕嘛。

對於聚集到此地的廚師們來說，應該不成問題吧。

……大多數人都一臉疑惑。

呃，在進入下一個階段之前，希望大家能牢記這些衛生觀念。

他們始終記不住衛生觀念，需要一個能夠讓他們接受「為何非這麼做不可」的理由。然而，告訴他們這些步驟是為了得到「做出不會吃壞肚子的料理」的祝福之後，他們立刻就接受了。

由於發現得有點晚，所以特別料理教室進入第二天。

特別料理教室第二天。

鬼人族女僕們教導大家烤、煮、蒸、炸的基礎。

這樣好嗎？在這裡的人都是廚師吧？

…………

到處都爆出歡呼，看來沒問題。

唉，畢竟在「大樹村」掌廚的鬼人族女僕們，一開始也只知道烤和煮嘛。

嗯？部分參加者好像原本就知道，但是他們的臉色很難看。怎麼回事？啊，是店裡不外傳的訣竅嗎？這還真是抱歉。

我告訴參加者，希望他們將這個特別料理教室教的衛生觀念和料理技術推廣出去，不要藏私。一來這些是基礎中的基礎，二來希望多些能讓人安心吃飯的地方。

而且，只要下廚的人變多，出現新料理的可能性也會增加，希望大家好好努力。

料理教室協辦商人們所準備的食材，先後變成料理。不愧是廚師組，失敗個幾次就能記住做法。再來就是應用了吧。希望大家儘量利用「五號村」容易確保的食材做菜。

順帶一提，料理教室做出來的成品，會由參加者們解決掉。自己做的自己吃。失敗的味道也該牢記，加油吧。

今後，特別料理教室預定會和一般料理教室一樣定期舉行。這麼做有助於推廣衛生觀念，所以我也贊成。

只不過，特別料理教室的目的──增進廚師們的技術，看來還需要一段時間。畢竟特別料理教室只解決了做菜之前的問題嘛。

嗯？他們都是受僱於貴族或商人的一流廚師，之後廚藝自然會越來越好？

…………也對。希望如此。

話說回來，這份企畫書是？料理大會？呃，會不會太早啊？因為廚師之間氣氛熱絡，所以順勢有了這個提案？一般料理教室的參加者，也想讓鬼人族女僕們看看自己的成果？嗯，這倒是無妨……不過要我擔任評審又是怎麼回事？

要辦料理大會就辦吧。不過，預賽要確實。

希望我當評審的部分，只有最後的最後。因為我吃不了那麼多。

閒話　擅長料理的鬼人族女僕

陽子大人又向村長提出請求。她是不是太依賴村長啦？

我是鬼人族女僕之一。雖然蒙受村長寵幸，不過沒有小孩。真羨慕已經生子的安大人。照順序來說，接下來應該是拉姆莉亞斯大人，不過小孩是上天賜予的。下一個也有可能是我……唉呀，天使族庫德兒大人的女兒菈菈德兒小姐在哭。這個哭聲是尿布溼了吧。雖然才剛換過，但是嬰兒的行動向來會出乎我們的意料。呵呵呵。雖然辛苦，卻很愉快。

陽子大人提出的請求，是在「五號村」舉辦特別料理教室。若只有這樣，根本不需要找村長幫忙，以代理村長的權限就能舉辦了吧？雖然我很想這麼說……但是既然她需要我們協助，也就不能不告訴村長了。

基本上，我們只遵從村長的指示。喔，不是我們壞心眼喔。純粹是因為忙。

因此，我們以村長的指示為最優先。僅此而已。

「五號村」會定期為冒險者和「五號村」居民舉辦料理教室。雖然兩件事沒有關係……但是參加特別料理教室的廚師們，都不肯聽話。

什麼理由根本無所謂吧？骯髒的手做出來的料理，就是骯髒的料理。不管味道多好，都會吃壞肚子。你們下廚前好歹會洗手吧？就那個的延伸。囉嗦，我們叫你們做，你們乖乖做就對了。難得村長在旁邊看，居然還這麼丟臉……用拳頭讓這些傢伙記住上下關係之後再來教，會不會比較容易啊？

…………

不行。思維都被魔王國帶壞了，反省。

「這些步驟是為了得到『做出不會吃壞肚子的料理』的祝福。雖然複雜，不過請大家記好喔。」

憑藉聖女瑟蕾絲大人的建議，衛生觀念教育勉強搞定。只不過，沒辦法一天就結束這點需要深切反省。村長，實在非常抱歉。

……村長體恤我們的辛勞。雖然很感動，卻不能高興。畢竟我們失敗了。鬼人族同僚看來也有同感。很好，為明天做準備吧。今天是覺悟不夠，應該設想各種狀況，準備好應對方法。

大概要歸功於事前準備吧，特別料理教室第二天很順利。

儘管做出很多失敗的料理，不過這也是種經驗。而且，就算成功了，也得反覆地做才能牢記。各位，好好努力吧。

唉呀？怎麼啦？希望也能教點基礎以外的東西？確實，以冒險者和「五號村」居民為對象的料理教室不止教基礎，也會教些菜色。不過，這樣好嗎？聽說在場的各位，都是有點名氣的廚師耶？

沒錯。要我們像教小孩子一樣，手把手地教你們嗎？懂了吧？對，基礎要我們教多少次都無妨。不過，既然你們身為廚師，接下來的應用就該自己想。

…………

好像有幾個沒自尊的廚師耶。求知若渴的態度值得嘉許，不過有這種心態應該參加一般的料理教室，而不是特別料理教室。下次的一般料理教室，預定教大家用蛋製作的料理。

特別料理教室順利結束。沒出什麼大問題，真是太好了……雖然想這麼說，不過原本預定一天就結束，還是低調一點吧。

此時村長的體貼話語，令我們無比感動。在「五號村」的宅邸吃晚餐？而且，我們能吃到村長親手做的菜？真的可以嗎？喔，一直在旁邊看，所以手癢想自己做了是吧。明白了，屬下欣然接受。

蝦子剝殼後裹上馬鈴薯粉油炸，再沾上美乃滋或甜辣醬。

村長做的菜總是那麼獨特，而且出發點和別人截然不同。究竟是在哪裡學的啊？唉呀，不行。居然想打探主人的過去，太不知分寸了。我們只要默默侍奉村長就行了。

不過……也是有點羨慕能和村長直來直往的陽子大人。

「村長，那些料理教室的學生表示，希望能舉辦料理大會。」

唉，又來了。

陽子大人總是隨隨便便就向村長提出請求。想舉辦料理大會，她自己愛怎麼辦都可以，為什麼要找村長當評審呢？而且，村長未免答應得太容易了。有過冬準備要做，秋收也近在眼前。

不過，這次特別料理教室占用村長兩天時間的我們，實在沒有立場插嘴。於是我保持沉默。

……怎麼回事？陽子大人看著我們。然後她轉向村長……

「希望這些女僕也能參加料理大會。」

…………

陽子大人在說什麼啊？村長詢問理由。

「我想讓某些人見識一下，侍奉村長的女僕該有什麼水準。」

按照她的說法，似乎有很多人想到村長底下擔任管家和女僕。倘若志願者全部都很優秀也就罷了，但是好像並非如此。而且，那些不夠格的人偏偏自信滿滿，十分難搞。陽子大人想讓那些人知道自己的分量。

原來如此、原來如此。如果是這樣就沒辦法拒絕了。由我們來讓那些不自量力的傢伙認清自己的本事到哪裡吧。來吧，村長。請下令。

……咦？村長，難道您認為我們沒辦法拿下優勝？未免太小看我們了吧？不不不，該怪我們沒能贏得村長的信任……啊，要是我們參加，村長擔任評審會讓人質疑不公正？原來是這樣啊。

不能讓村長背負這種汙名，所以我們不參加。

嗯，很遺憾沒辦法讓那些不自量力的傢伙認清自己的分量，不過應該還有其他機會吧。

「我還以為，侍奉村長的女僕都優秀到讓人無法質疑不公正耶？」

陽子大人實在很會哄村長，於是我們決定參加料理大會。來為村長贏下優勝吧。

……………啊，冬天舉辦嗎？在那之前我會好好磨練廚藝。

閒話　擅長洗衣的鬼人族女僕

呵呵呵，看著許多晾起來的被單，令人心曠神怡。

座布團大人的孩子們，謝謝你們支援。大家幫了我不少忙。剩下都是小東西，就由我一個人……要幫到最後嗎？謝謝。那麼，可以麻煩你們吐些用來晾衣物的絲嗎？衣物很多，所以絲要堅固一點喔。好的，那就麻煩了。

我是鬼人族女僕之一，在「大樹村」做些日常工作。

雙頭犬歐爾總是和古隆蒂大人待在一起，感情真好呢。只不過，歐爾大概不知道古隆蒂大人是龍吧。看見龍形態的古隆蒂大人出現在眼前，讓牠驚慌失措。

接著，牠彷彿想起什麼似的，往龍形態的古隆蒂大人咬下去。詢問村長才知道，歐爾好像以為古隆蒂大人被龍壓扁了。

換句話說，牠為了解救古隆蒂大人，才會咬龍形態的古隆蒂大人。真厲害。

儘管歐爾的牙被古隆蒂大人的鱗片擋住，依舊拚命地攻擊。這份忠心實在令人敬佩，今天晚餐就弄得豪華一點吧。

啊，不過沒認出主人算不算失敗呢？還是說，看出人形態的古隆蒂大人和龍形態的古隆蒂大人是同一人比較難？

…………

喔，歐爾停下動作了。怎麼了嗎？我詢問村長。

看樣子，牠似乎注意到，龍形態古隆蒂大人身上有古隆蒂大人的氣味了。原來如此。攻擊力道也變弱了。

不過，歐爾似乎還沒脫離恐慌狀態。相對地，龍形態的古隆蒂大人則溫柔地守望著歐爾。可能就是因為這樣吧。

歐爾停止攻擊。牠看著龍形態的古隆蒂大人，顯得不知所措。明白自己剛剛攻擊的，其實就是古隆蒂大人了嗎？

我詢問村長。好像不是這樣。

村長一邊忍笑，一邊告訴我答案。如果將歐爾現在的心境化為言語，好像是這種感覺：

「好多顆頭。該不會是……媽媽？」

…………

恕我失禮，我忍不住笑出來了。

雖然不是不懂牠的心情，龍和雙頭犬顯然是不同種族吧？確實，龍形態的古隆蒂大人有八個頭，不能說和兩個頭的歐爾完全不像，然而親子關係無法成立。

不過……

「不是嗎？」

歪著兩個頭的歐爾，顯得有些寂寞。

考慮到歐爾的經歷，可以想像到牠從小就和母親分離。孩子渴望母親的心，令人鼻酸。

古隆蒂大人想來也被打動了吧。她恢復人形態，摸摸歐爾的兩個頭。

能感受到古隆蒂大人那份「我雖然不是母親，身為主人絕不會讓你寂寞」的決心。只希望看見人形態古隆蒂大人後，因為她平安而高興的歐爾，能夠明白這份心意……看牠高興的模樣，應該不明白吧。

不過，人要識相。這時候就該溫柔地守望。

惡魔族的普拉妲大人，好像是布兒佳大人和史蒂芬諾大人的同僚。

她平常在「五號村」生活，不過會來打招呼。啊~又被布兒佳大人和史蒂芬諾大人玩弄了。她們三個的感情似乎很好呢。

然後，普拉妲大人看見村長雕的神像後大為感動……呃，好像感動到流淚了。她和始祖大人應該合得來。啊，已經成為朋友了，真快。他們聊得很熱烈。

聊得開心是很好，不過始祖大人，您的宿醉好了嗎？我還以為您在休息……不，不是要兩位一起回去參加宴會的意思啦。

普拉妲大人，您要參加宴會是無妨，但是不能忘記問候。因為古吉大人會定期過來嘛。啊，已經跑去宴會場地了。

…………

普拉妲大人的慘叫聲傳來。咦？啊，始祖大人沒告訴普拉妲大人宴會場地有很多龍族是吧。對於普拉妲大人來說，那裡等於都是上司的上司——德萊姆大人的親戚……請加油。

天使族的瑞吉蕾芙大人，努力試著融入「大樹村」。

對於「大樹村」的規矩，她問得特別仔細。這種努力遵守規矩的態度，讓人很有好感。

所以我也沒和她客氣，講得十分清楚。

「上完廁所之後要洗手。」

這是村長嚴令大家遵守的規矩。啊，不可以心急。不止這條喔。

「發現擦屁股的葉子用完，就要補充。」

這也很重要。沒有開玩笑喔。

還好，瑞吉蕾芙大人很認真地要把這些都記住。對，這些與生活密切相關的規則很重要。來，和我一起說——真不愧是村長。

吃完早飯的陽子大人，和平常一樣前往「五號村」。

雖然一重小姐暫時託我照顧，稍後就要去上古隆蒂大人的課。儘管我覺得還早，但是一重小姐強烈要求如此。

陽子大人說過，希望儘量順著一重小姐的意願，所以我沒有堅決反對。更何況，古隆蒂大人也表示無妨嘛。

送一重小姐去上古隆蒂大人的課之後，我就開始收拾陽子大人的房間。還是老樣子，房間裡到處都是工作相關的文件與木板。

身為「五號村」的代理村長，想必工作繁重。而且，最近她還為村長謀劃許多策略。喔，雖說是策略，可沒有打什麼壞主意喔。

這麼做是要安慰阿爾弗雷德少爺、蒂潔爾小姐與烏爾莎小姐去魔王國學園後感到寂寞的村長。因此，儘管有部分居民認為陽子太依賴村長，她其實在做我們做不到的事。

必須感謝她才行。不過嘛，多少還是會嫉妒陽子大人和村長那麼要好就是了。

話又說回來，「五號村」的問題還真多呢。

是不是因為，和為了村長而聚集到一處的「大樹村」不同，那裡很多人只是想要一片安居之地呢？雖然覺得一切交給陽子大人解決就好，「五號村」同樣是村長的村子，不能不認真對待。

可是，做得太過頭也不行。就我個人的猜測，將來「五號村」可能會由阿爾弗雷德少爺統治。

從村長對「五號村」下的工夫看來，應該八九不離十。然後，還得避免阿爾弗雷德少爺就任「五號村」村長時，無事可做。

陽子大人的統治顯得寬鬆，我想就是為了那一天而保留餘地。否則，陽子大人應該會對居民展現力量，進行完美的統治，這麼做比較不會有麻煩。之所以沒這麼做……唉呀，不好。必須趕快打掃才行。

啊，衣服居然丟在這種地方。這是要洗的嗎？我明明已經請她把要洗的衣物，放到指定地點了。可是，我也不能擅自拿去洗。畢竟這件衣服說不定很重要……不過重要的衣服，會從成堆的文件底下冒出來嗎？

…………

不能擅自判斷。說不定是某個案件的證物，放到桌上吧。

聽說前往「五號村」的同僚吃到村長親手做的料理。

…………

幸好，這位同僚擅長做菜。妳就把那道菜重現吧。放心，應該做得到。畢竟妳可是要參加料理大會的對吧？還是村長要求的。材料是蝦嗎？知道了，我們會準備。我們鬼人族女僕，一個人的幸福就該是所有人的幸福。

我們就像這樣逼迫那位當時和村長在一起的同僚，結果村長也親自下廚做菜給我們吃了。居然說是感謝平常的關照……謝謝村長。還有，請容我這麼說：

真不愧是村長。

4 「夏沙多市鎮」的女王

「夏沙多市鎮」有港。換句話說，離海很近，走幾步路就有沙灘。這裡沒有在沙灘上玩的文化，但是會將沙灘當成加工海產的場地，所以會定期清掃。

不過，這只限定在緊靠「夏沙多市鎮」的區域。其他地方又是漂流木又是海藻，意外地髒。於是米優下令清掃這片海岸，把它弄乾淨。

為什麼突然做這種事？

我詢問隔了好一段時間才回到「大樹村」的米優。

「這是基於金錢過度集中於『大樹村』的應對措施之一。陽子大人找我商量的同時，還用桶子裝一堆金幣送來，所以我姑且試試看。關於這件事，我應該已經報告過了呀？」

我曾聽說過要採取應對措施，但沒想到是要清掃海岸。

原來如此。

「只不過，金幣消耗得不怎麼快。我們雖然找了『夏沙多市鎮』的居民與鄰近的海洋種族當清潔工，作業內容讓我們沒辦法支付太多費用。」

嗯，我想也是。

「然後，我們為這些清潔工安排了攤販，結果資金回收了八成。」

為什麼要回收？

「您的質疑很合理，但我們的政策是盡可能把金錢廣泛分配到居民身上……」

呃，或許是這樣沒錯，但是不需要特地擺攤吧？

「這是為了讓那些平常沒使用金錢的海洋種族買東西方便一點。而能夠立刻回應這項措施的，只有『馬菈』的員工。」

唔。

「也因為這樣，逐漸被『五號村』壓過的『夏沙多市鎮』，景氣有了顯著地成長。」

「夏沙多市鎮」的景氣衰退了嗎？

「沒有。只不過，要在衰退之前設想對策。針對這件事，伊弗魯斯代官有封信要我轉交村長。」

我從米優手裡接過封得很嚴密的信件。

感謝您協助我們刺激「夏沙多市鎮」的景氣。為了表示謝意，夏沙多大屋頂的關係人士可以免除人頭稅。這麼說來，聽說您好像有船對吧？入港稅也一併免除，請您盡情地賺吧。若有任何問題，儘管找我商量不用客氣。「馬菈」的咖哩很美味，好想要一份食譜啊～希望您可以讓米優放個假。敬請惠允。

他以非常恭謹有禮的語氣，寫了類似這樣的內容。

…………

關於希望給米優休假這部分，筆跡與行文顯得有點亂，該不會是被逼的吧？既然米優說沒有，那我就相信她吧。

我看完了信的內容。景氣成長不是我的功勞，該誇獎米優。

能夠免除按人數繳交的人頭稅和入港稅是該高興沒錯，但是這麼一來錢又花不掉了。不過嘛，反正這些錢不在我手邊，而是放在夏沙多大屋頂和「馬菈」，應該不用介意。

目前好像沒什麼需要找代官先生商量的事，他的好意就心領了吧。

至於「馬菈」的咖哩食譜，雖然一開始是我提供的，現在已經是馬可仕他們的研究成果，實在不能給。不過，我會交代馬可仕他們，如果代官那邊有需要可以派人過去。喔，不是說現在。訂立一個以年為單位的計畫就行了。

讓米優放假也沒問題。聽說不用我特地給假，她自己就有適度休假。

…………嗯？我再次確認代官先生的信。

只有希望給米優休假這部分的字跡與行文有點亂，這點我剛剛就確認過了……不過亂中有序。
喔，原來如此，是暗號啊。字體看起來凌亂，應該是為了爭取字數吧。唔嗯、唔嗯。這麼一來，會變成什麼樣子呢？

拜託，別讓米優離開「夏沙多市鎮」。

…………

呃……首先，為什麼要做這種手腳？米優，代官先生寫這封信時，妳在他旁邊嗎？
「我在他旁邊監視了喔。」
這樣啊，不是看，而是監視嗎？

…………

「米優，妳這些日子以來工作辛勤，再加上代官先生特地拜託，我決定發給妳獎勵牌二十枚，以及讓妳休假到明年春天。只不過，妳在休假期間的住宿地點，要以『夏沙多市鎮』為主。」
「感謝村長。可是，為什麼要待在『夏沙多市鎮』？」
「啊……妳將工作委託給海洋種族了對吧？交涉窗口不宜改變。即使處於休假期間，我還是希望能由妳和他們接洽。」
「原來如此，說得也是。屬下了解。呃，在回『夏沙多市鎮』之前，能讓我兌換獎勵牌嗎？」

「這倒是不成問題。更何況妳難得回來，我也不會要妳立刻前往『夏沙多市鎮』。去泡個溫泉，放鬆一下吧。」

「感謝村長。另外，我希望能去『四號村』露個臉。」

「當然可以。我會要萬能船那邊配合妳調整航班。」

「可以嗎？」

「因為米優處理『夏沙多市鎮』的事務非常認真嘛。更何況，萬能船船長是托吾，調整航班他反而會很高興。」

「啊，我懂。他儘管嘴上抱怨，還是會好好達成要求。」

雖然我覺得這點米優也一樣，但這種話不能當著她的面說出口。

這段時間讓米優費了不少心力，要不要懷著感謝的心意，雕一尊米優的像送給「夏沙多市鎮」呢？

…………應該會讓他們很為難，還是別送了吧。

之後，我又和米優聊了不少比較深入的話題，主要是關於街道計畫的部分。

目前似乎有打算修整通往魔王國的道路以及途中經過的村莊，縮短移動時間。這項計畫原本預定由夏沙多大屋頂提供資金，不過在我的判斷下，決定改成由「大樹村」出資。我想花錢。

還有，我希望盡可能將夏沙多大屋頂賺到的錢用在「夏沙多市鎮」。「馬菈」賺到的錢也一樣。我想應該可以花在「夏沙多市鎮」的防災和物資儲備上吧。

另外，我也問了海洋種族的事。他們現在發生衝突時，好像還是會用美食……更正，用海裡的怪食物比膽量。

喔，米優也吃啦？好吃吧？畢竟才剛捕上來嘛。只要有醬油就無敵？確實。所以，怎麼啦？給我的土產？滑溜的海藻……喔，是水雲啊。

我沾醋享用之後，米優露出敗北的表情。似乎是米優在對決時碰上水雲，然後投降了。

「不愧是村長。海洋種族封我為怪食物女王，不過看來我還太嫩了。」

怪食物女王……呃，這樣看來我是怪食物大王？我明明只是開心地吃海產啊。有點不滿。

米優前往了溫泉地，預定在那邊停留六天左右。好好慰勞她吧。

話又說回來……我思考起米優找我商量的問題。

那就是清理海岸時的問題。海洋種族為了尋找髒亂的地方而擴大清理範圍，結果發現好幾個洞窟。

如果只是一般洞窟倒也就罷了，但是好幾個洞窟裡有財寶，推測是海盜或盜賊藏的。

雖然我覺得交給找到的人就好，不過清理時發現的東西，所有權似乎屬於委託人米優。因此米優給與發現者特別報酬，並且收下財寶。然後，米優表示那些財寶都是執行業務時所得，因此屬於我。

於是，我考慮把那些財寶捐給「夏沙多市鎮」，然而也兼任代官先生代理人的米優拒絕了這個想法。理由好像在於，雖然對我而言是捐贈，從外人眼裡看來像是代官先生把東西拿走。

她還說，考慮到該對這筆捐贈提供的回饋後不能收。雖然我覺得捐贈不需要回饋，這個世界對於捐贈有回報這點，似乎覺得理所當然。以前也有人曾經提醒過我，單方面給與會讓人家承受不了，於是捐贈便作罷了。

所以，最後決定將這些財寶放在「五號村」展示。展示的時候，標明東西發現自哪裡的哪個洞窟、發現者是誰，對發現者來說應該是種榮譽吧。

還有，只要像這樣擺出來展示，或許有人會主張那是自己的東西。謊稱當然不允許，但如果對方可以拿出證據宣稱所有權，東西就直接給他。希望物主現身。

……………

原本以為這樣就搞定了，然而還剩下一個問題。

洞窟裡除了財寶之外，還有迷宮入口。那裡為神殿風格，並且經過人為施工。從該處應是防盜用的石像鬼看來，似乎還沒人攻略。

看樣子，這座迷宮的優先探索權，似乎屬於我。嗯……

要不要趁著冬天編組隊伍探索迷宮啊？在無法隨意活動的冬季，應該會有很多人想參加吧。希望我也能參加就是了。

5 收成與隊員選拔

「大樹村」開始忙收成了。

收成結束之後不久，冬天就會降臨，因此沒有悠哉的時間。龍族的宴會強制結束，我要他們來幫忙收成工作。

一直待在迷宮裡訓練的德麥姆與廓倫，我也拜託他們採收白蘿蔔和紅蘿蔔等根莖類蔬菜。至於懷孕中不能勞動的哈克蓮與拉絲蒂……馬克和海賽兒主動表示願意代勞，所以就交給他們了。剩下稻米、小麥、大麥，以及玉米的收成。加油吧。

「大樹村」之外的收成工作都已結束，因此「一號村」、「二號村」、「三號村」以及「四號村」來了援軍。真的幫了大忙。

半人蛇族和巨人族，也熟練地幫忙加工農作物。兩邊都和釀酒有關，詳情我就不多說了。

多虧龍一家宴會開不完，我想倉庫應該有空間……結果還是滿出來了。

我們趕緊把要賣給戈隆商會和「五號村」的份運出去。陽子嘀嘀咕咕地抱怨「五號村」宅邸倉庫也是有極限的。儘快請戈隆商會來領取吧。

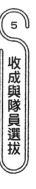

至於要賣給魔王他們的份，和往常一樣請比傑爾運送。沒辦法幫忙讓我十分過意不去。

過了約兩週，收成工作大半結束。

採收下來的作物，需要乾燥處理的正在進行，但是今年天氣不太好，看來還需要時間。最糟糕的情況下，恐怕得用魔法烘乾。可是如果用魔法烘乾，味道就會變差……自然的力量真偉大。所以，希望老天爺幫幫忙。我就在懷抱這種心思的狀況下，舉行慶祝收成完畢的宴會。

今年也辛苦各位了。對了，各位龍族朋友。宴會只限今天喔。該劃下句點了。

這次的收成期，天使族在狩獵方面格外賣力。

她們以瑪爾比特和瑞吉蕾芙為中心挑戰格鬥熊，但是輸了。如果使用帶有小黑家族角的長槍大概能贏，但是這麼一來肉就會白白浪費，而失去狩獵的意義。認為必須多思考些戰法的她們，在宴會上開起檢討會。

另一方面，主要以兔子和野豬為目標的高等精靈與小黑的子孫們，紛紛歡笑迎接大豐收。不過，看見從溫泉地過來的死靈騎士一行，就讓他們的笑容僵住了。死靈騎士帶來兩頭驚慌馴鹿。

以冬季儲備來說，高等精靈和小黑的子孫們的大豐收比較值得高興；但是驚慌馴鹿角的美味，實在讓人無法忘懷。

死靈騎士們直接參加宴會……在這之前有事要拜託我？死靈騎士們有事拜託還真是稀奇。我原本還在想會是什麼，結果與溫泉地的優兒有關。

好像是溫泉地遭遇魔物襲擊，導致其中一架投石機嚴重損毀而無法修復。儘管還有其他投石機，損毀的似乎是優兒愛用的那一架，所以她一直哭，死靈騎士希望我能想想辦法。知道了，我為她準備一架新的投石機吧。因為是和山精靈一起製作，說不定成品根本就不是投石機，不過會是優兒專用。這麼一來她應該就不會繼續哭了吧。

死靈騎士們點點頭，似乎能夠接受。照這樣看來，優兒和死靈騎士們處得還不錯呢。太好了。

死靈騎士們參加宴會。

然後，死靈魔導師與庫閣坦向死靈騎士們搭話。死靈魔導師開始擔任孩子們的教師之後，便從溫泉地搬來「大樹村」居住。所以，彼此已經很久沒見面……似乎也不是。

死靈魔導師和庫閣坦會定期返回溫泉地做些研究。不是什麼危險的研究，好像是將那些因為靠近溫泉地而被處理掉的魔物和魔獸解剖，並加以調查。

雖然總比放著讓屍體腐爛來得好……希望他們適可而止。

儘管我告訴在溫泉地悠哉休養的米優可以休息無妨，她表示大家忙著收成的時期自己一個人休息反而會感到負擔沉重，所以還是參加收成工作了。對我來說當然是幫了大忙，但也覺得很不好意思。而且她停留的時間因此延長，可是本人笑著表示可以解悶，那就這樣吧。

不過，她沒碰文書工作，文官少女組顯得很遺憾。

另外，我還得寫封信向「夏沙多市鎮」的代官先生道歉。因為米優停留的時間延長了，不能讓代官先生以為我無視他的暗號。

要顧慮這些小地方雖然很麻煩，如果不做會有更大的麻煩，必須留心才行。

陽子對於這些就一清二楚，不會有所遺漏。我該向她學習。

宴會上，我和大家聊起「海岸迷宮」的事。

那個迷宮似乎還沒有人突破，所以討論得很熱烈。不過，地點在「夏沙多市鎮」往東走三天路程的海岸，若是從「五號村」出發大約需要兩天半。

雖然位於魔王的直轄地，終究還是魔王國領，所以小黑和座布團牠們沒辦法同行。小黑的子孫們與座布團的孩子們很失望地看著我。抱歉。

然後，懷孕中的哈克蓮和拉絲蒂也不參加。即使當事人想去，我也不會同意。我希望她們可以保重身體。

哈克蓮和拉絲蒂都忍了，其他的龍麻煩也忍一忍。嗯，德萊姆。雖然看得出來你很想去，還是麻煩你忍耐一下。

從話題的走向看來，我大概沒辦法去，然而事情出現了轉機。因為瑞吉蕾芙和琳夏不太想違背我的意願。

不過，多數居民反對。他們認為，因為我想去就不攔阻我親自前往危險的地方也是個問題。

於是出現了個折衷方案。

參加迷宮探索的人分成好幾組。各組依序進入，我參加的那一組排在最後。

我並不想和強大的魔物或魔獸戰鬥，只是想看看比較奇特的地方。所以，我對這個折衷方案沒有不滿，願意接受。

之後，雖然還在宴席上，志願參加探索的人已經開始分組，大家討論得相當熱烈。

包含我在內，參加探索的人一共分成八組。

…………

我這一組有瑞吉蕾芙和琳夏是無妨，但是不死鳥幼雛艾基斯和雙頭犬歐爾也在是怎樣？艾基斯姑且不論，歐爾目前還不太願意接近我耶？

代替小黑和座布團牠們？哈哈哈，別嫌棄艾基斯和歐爾靠不住啦。

還有，這個沒人登記的組是怎麼回事？阿爾弗雷德和戈爾他們？啊，對喔。要是他們回來聽到迷宮的事，可能會想參加。

明白歸明白，但是我希望別把這一組排在第一個。嗯，希望可以排在我後面。可是，這麼一來阿爾弗雷德他們大概會生氣，所以排在倒數第二。

好啦，心思飄到迷宮那邊是無妨，不過得先準備過冬。畢竟探索迷宮要等到準備完畢嘛。

嗯，我沒忘記要訪問半人蛇族的迷宮及巨人族的迷宮。還有要和「東方迷宮」的哥洛克族見面。現在有萬能船，移動應該很輕鬆吧。

話說回來……

談起「海岸迷宮」的話題之後，始祖大人一直歪著頭沒說話。怎麼了嗎？宿醉還沒醒？

「不，並不是那樣……」

不然是？

「這件事有點難以啟齒。那個迷宮，搞不好是我弄出來的。」

…………

該不會，探索還沒開始就要結束了吧？

6 冬季與返鄉

宴會結束後，始祖大人待在房間裡集中精神努力回想了三天左右，才得到結論。建立「海岸迷宮」

的，應該就是始祖大人沒錯。

只不過，他似乎不記得詳情，所以不清楚是什麼樣的迷宮。這是好消息嗎？不，露和芙蘿拉已經警告大家「海岸迷宮」是個危險的地方，所以應該是壞消息吧。

在我看來，以始祖大人的性格應該不至於設置什麼危險的陷阱……

「他現在雖然是那樣，以前可是很糟糕的……」

與始祖大人算是舊識的瑞吉蕾芙也認為，既然「海岸迷宮」和始祖大人有關，代表那裡很危險。

話說回來，很糟糕是多糟糕？我原本想問，卻被始祖大人擋下了，真遺憾。

無論如何，挑戰「海岸迷宮」是之後的事，現在得先努力準備過冬。

因此，我把釀酒後剩下的葡萄渣運往牧場區。這是因為山羊和綿羊喜歡吃這些果渣。

要說多喜歡，大概是山羊們看見果渣就會乖乖聽話的程度。這是好事。

不過，矮人們正努力嘗試要繼續利用這些果渣釀酒，所以不能全部餵羊，而是只有一半。即使如此，量依舊相當多，應該綽綽有餘吧。

吃著果渣的山羊和綿羊已經完全換成冬毛，全身軟蓬蓬，看起來很溫暖。

小黑牠們和芬里爾似乎也長出冬毛了，但是差異不明顯。差不多是要很仔細很仔細……才看得出來的變化。

啊，仔細一看，芬里爾在擺姿勢呢。哈哈哈，很可愛喔。

這麼說來，雙頭犬歐爾怎麼樣了？換冬毛了嗎？這個時間牠應該在牛旁邊……找到了。毛……嗯，看不出來。畢竟牠還是小狗，而且來這裡才沒過多久嘛。觀察不足。

可能是差不多要冬眠了吧，座布團給沒有要冬眠的孩子們各種詳細的指示。

其中交代得特別仔細的，是紅裝甲和白裝甲。身為宅邸的守門人，牠們似乎備受座布團期待。

牠們看來也感受到期許，相當有精神地回應。很帥氣喔。

座布團也給了進化為阿拉克涅的阿拉子指示。

不用那麼擔心，阿拉子會好好工作。什麼？阿拉子有時很迷糊？阿拉子顯得很不好意思也就表示……這樣啊，我都不知道。

唉呀，失敗沒關係。重要的是，不要一再犯下同樣的錯。

…………

儘管這話講得頭頭是道，卻打擊到我自己。畢竟我也犯過好幾次同樣的錯嘛。

嗯？座布團拿了好幾套衣服給我。謝謝。我知道啦，冬季期間會穿上它們。

我也送了禮物——我雕的烏爾莎像，給要冬眠的座布團。

不是平常的勇敢烏爾莎，而是比較溫柔的烏爾莎。或許有點美化過度。

由於不知道座布團冬眠時是什麼樣的感覺，為了避免妨礙牠睡覺，我試著雕得小一點……不過再怎麼樣，也只能縮到十五公分左右。

沒問題嗎？啊，看起來那麼高興，應該是沒問題。我懂。

烏爾莎他們回來時，我會記得把座布團的事告訴他們。雖然三人應該還是要回學校，希望他們能在村裡待到座布團醒來。

順帶一提，太太們看見我在製作烏爾莎雕像，懷疑我有外遇。明白那是烏爾莎的雕像之後，她們就要求我也雕阿爾弗雷德和蒂潔爾的，所以我正在製作。

天氣急遽轉冷，冬天到來。

戶外作業幾乎都已結束，因此不成問題。

我在屋裡轉了一圈……發現雙頭犬歐爾不敵寒意，窩在暖桌裡。畢竟牠身體還小，大概沒辦法維持體溫吧。

牛群來確認歐爾的狀況，看見牠似乎很溫暖後顯得很安心。擔心牠頂著寒冷跑來牧場區？哈哈哈，牠衝出去過一次喔。雖然立刻就回來了。看見牠著急地告訴古隆蒂外面情況不對，害我笑了出來。

嗯，你們也不能逞強喔。牛棚已經做好保暖措施，晚上就睡在那裡吧。要去溫泉地也無妨，但是記得找村裡的人同行。

這時期隨便跑進溫泉，一不小心會出不來。如果有別人在，還能靠魔法應付。

……………已經度過好幾個冬天，所以對這些很清楚？話是這麼說沒錯，但每年都會發生一次吧？那是山羊？這麼說來，好像確實如此……嗯？很高興我為你們擔心？哪裡、哪裡。

比傑爾帶著阿爾弗雷德他們回來，烏爾莎、蒂潔爾、戈爾、席爾以及布隆也在。大家都長大了。

有個陌生的女孩子耶？烏爾莎的朋友？這樣啊，請多指教。

……烏爾莎、烏爾莎。妳這位朋友突然說自己是殺手，沒問題嗎？她好像還說自己的特技是攻擊要害耶？

唉，雖然她或許是會想這麼自稱的年紀，但我覺得對初次見面的人說這種話不太好……我可以提醒她嗎？烏爾莎的朋友先是愣了一下，隨即抱著膝蓋哭了出來。

怎、怎麼啦？烏爾莎，總之先讓她進房間休息吧。

烏爾莎的朋友就交給烏爾莎……阿爾弗雷德、蒂潔爾，你們終於回來了。

你們的活躍……我已經聽了不少。至於細節，就之後再說。你們長大了呢。

露和蒂雅都在等，所以問候簡短一點就好……不過有些事我不能不問。

和你們一起去的阿薩、厄斯和梅托菈呢？在王都工作？他們三個的工作不是負責照顧你們嗎？為了照顧你們而有的工作啊？嗯，我不會怪他們。找機會慰勞他們好了。抱歉拖了點時間，去向露和蒂雅打聲招呼吧。

那麼，再來是戈爾、席爾和布隆……

「加格洛可領已經澈底掌控，七百名重裝備精銳隨時可供差遣！」
戈爾，敬禮的動作真漂亮。雖然我完全聽不懂他在講什麼。
「夏伊邦領已經澈底掌控，兩千名輕裝士兵可供差遣！」
席爾的動作也很漂亮，不過和戈爾有些許差異，應該是其他地區的敬禮吧？
「散布於巴爾格地區各處的多臂族聚落已經整合完畢，一百一十二名多臂族戰士可供差遣！」
布隆的敬禮動作也不一樣呢。
然後，三人都維持敬禮姿勢，露出閃閃發亮的眼神等待。呃……
「辛苦了，幹得好。」
我老實照著文官少女組菈夏希給的小抄唸。
於是，三人齊聲回應：
「進攻魔王國時，請讓我打頭陣！」
沒有要進攻啦。比傑爾也在場，別講些奇怪的話。
比傑爾，抱歉。戈爾他們雖然長大了，畢竟還是小孩子……
我正打算向比傑爾解釋，卻看見比傑爾也站到布隆旁邊敬了個禮。
「克洛姆領領兵十七萬六千！隨時聽候命令。」
比傑爾這幾句話，讓戈爾他們三個露出不甘心的表情……這應該是開玩笑吧。看來是配合戈爾他們表演，真不愧是比傑爾。

「魔王國軍第一到第七，總兵數一百六十一萬……」

蒂潔爾也站到比傑爾旁邊想說些什麼，不過被蒂雅擋下了。

嗯，我沒聽清楚。不用在意無妨喔。

總而言之。呃……歡迎回家。

7 優兒的新兵器

從魔王國學園回來的烏爾莎，正在向懷孕的哈克蓮撒嬌。

……不對。烏爾莎是在照顧哈克蓮吧？雖然是好事……不過離預產期還有一段時間，大概要等到冬末喔。

順帶一提，拉絲蒂大約是初春。

阿爾弗雷德與蒂潔爾在和其他孩子們交流，聊些學園發生的事。

啊，小黑的子孫們和座布團的孩子們也在聽，簡直像是演講呢。

至於雙頭犬歐爾，則對阿爾弗雷德和蒂潔爾相當提防。大概是因為陌生吧，歐爾始終沒離開古隆蒂身邊。

戈爾、席爾和布隆他們三個，正在和晚了點才抵達的魔王談笑。

我為剛剛的玩笑向魔王致歉。因為我不希望別人轉達時，出了差錯造成誤解。

對於我的謝罪，魔王倒是大笑著要我別在意。然後他又對戈爾、席爾、布隆與比傑爾這麼宣告：

「這點程度的戰力打得倒本魔王嗎？」

魔王一臉得意。

原來如此。也就是說，以魔王的武力根本不在乎數量差距嗎？真厲害啊，魔王。

假如沒干擾戈爾他們向德斯求援，是真的很帥。

聽戈爾他們說，加格洛可領、夏伊邦領，以及巴爾格地區這些地方，似乎本來就有叛亂跡象。

戈爾他們在叛亂爆發前……啊，部分地區已經行動了是吧？他們解決掉叛亂，然後就這麼扛起了相當於該領地代官的工作。

呃……首先，我不希望你們跑去太危險的地方，這樣會讓我擔心。

然後，相當於代官的工作，需要由戈爾你們扛嗎？魔王國力量至上，與其由其他人來，不如交給叛亂發生前就把事情解決的你們三個比較不會出麻煩？

既然三人都能接受，我就沒意見……有不少酬勞，所以沒問題？如果不想幹，記得要說出來喔。

唉，畢竟你們已經結婚了，算是不折不扣的大人，我也不適合在旁邊多嘴……不過你們隨時都可以回來。

然後魔王。

戈爾他們在忙的時候，你好像在打棒球？該不會是在玩吧？棒球雖然是興趣，但也是工作？球隊裡有和人類國家溝通的管道，所以利用打棒球的機會和對方聯絡？

別繞那麼大一圈，直接把人家叫到面前怎麼樣？那是工作吧？把人家叫來反而會產生問題？我不太清楚，真的是這樣嗎？知道啦、知道啦，棒球是九成興趣一成工作對吧。我沒有懷疑你對棒球的愛啦。

……………咦？

到了冬天就會不想外出，但也不能不出門。

有很多工作，像是打理神社、回收雞蛋，以及清掃動物棚舍等。

而且，還要回收那些動作太慢的史萊姆。

史萊姆會在變冷前到溫暖的地方避難，但是總有幾隻比較慢的會被凍住。儘管就算讓牠們凍到春天也沒問題，但這樣很可憐，所以我會把牠們挪到宅邸內。畢竟也是多虧了史萊姆，村子才能維持乾淨的一面嘛。

仰望天空，能看見不死鳥幼雛艾基斯裹著火焰飛行，顯得相當英勇。鷲則飛得稍微後面一點，顯得很帥氣。

我向空中的兩隻鳥揮揮手，同時加快腳步。

我要去的地點在森林裡。

目的是收集為優兒製造新投石機所需的材料。

實際上，入冬前我已經準備不少木材，但是山精靈們先用掉了。這麼一來，不是等到春天再製造投石機，就是趁著還沒被風雪困住走一趟森林。

我個人原本想等到春天，不過聽到優兒那麼努力保護溫泉地，就讓人想報答她的辛勤。

所以我來到森林，身邊是擔任護衛的小黑子孫們。

我知道。天氣很冷，所以早點搞定吧。

我一邊在腦中描繪投石機零件一邊挑選木頭，然後用「萬能農具」砍伐。考慮到山精靈她們或許需要，我希望能多確保一些木材。

途中，五名左右的山精靈來幫忙，阿爾弗雷德、烏爾莎與蒂潔爾也在。天氣很冷，明明可以待在屋子裡。想要久違地和我一起工作？真會說話。那麼，可不可以幫我搬那邊的小兔子？嗯，因為牠主動撲上來了。

山精靈們是這邊。我還碰上了野豬。明明離村子很近，真是危險啊。

對了，烏爾莎。妳的朋友沒事吧？

座布團的孩子們在顧？那就可以放心了。

幫我告訴她不要急，之後再打一次招呼。還有，能不能幫我問問她有沒有什麼想吃的東西？

嗯，既然是烏爾莎的朋友，當然歡迎嘍。阿爾弗雷德和蒂潔爾也可以帶朋友回來啊。

有提過，但是人家拒絕了？明明不用那麼客氣。唉，希望烏爾莎的朋友能成為開頭嘍。

啊，拖太久了，感覺有點冷。趕快回去吧。

我將砍伐的木材捆好，把「萬能農具」變成像鐵撬的工具後勾著木材移動。

戶外作業完畢後，就該泡個澡。雖然還是白天，不過這是為了讓身子暖起來。

我問阿爾弗雷德要不要一起泡，被婉拒了。大概是年紀到了吧，不勉強。

阿爾弗雷德去另一間浴室。烏爾莎和蒂潔爾則應該是和山精靈們一道吧。

和我一起泡的，只有小黑的子孫們。好乖、好乖。

嗯？喔，剛剛在外面被凍住的史萊姆，你們也在嗎？好乖、好乖。話又說回來，你去年是不是也被凍過啊？不是？別的個體？那就好……不過要多注意喔。

泡完澡之後，我往作業場移動。

目的是加工砍下來的木材，並且把它們做成投石機。砍下來的樹木原本要乾燥半年到數年才能當成木材運用，不過多虧了「萬能農具」，這些樹剛砍下來就可以用。不能把這種事看成理所當然，得感謝神明眷顧。

有山精靈們幫忙，投石機轉眼間就完成了。

…………

這不是投石機吧？應該是弩砲？看起來就像一把巨大的弓裝上移動用的車輪。不，感覺比較像是用有車輪的臺子載運巨大的弓吧。

我做到一半就覺得奇怪，怎麼沒用我準備的木材……不過自動裝填和連發功能實在很不簡單。妳們沒忘記是要為優兒做投石機吧？就是為了優兒才會做出這個？是嗎？

優兒看見弩砲非常開心。

呃，高興就好。喔，想要很多箭矢是吧。我知道了。

目前在這裡的……只有五十支。追加的箭矢就趁冬天努力做吧。

和投石機相比，弩砲因為需要箭矢所以性價比差了點。雖然用途不同的東西好像不該拿來比……在防守溫泉地這方面，弩砲比較好用？這麼說也有道理。

無論如何，要注意別誤射喔。

就這樣，溫泉地裝備了弩砲。

…………
明明還是冬天，優兒卻練習得很勤。不要勉強喔。箭矢很堅固，能重複使用？那就好。
至於我得意忘形弄出來的改造版弩砲，還是再藏一陣子吧。呃，因為製造投石機的材料多出來了，一時手癢。

8 只是打雪仗而已

「戰況怎麼樣了？」
魔王這麼問，於是烏爾莎回答：
「敵軍從南側分三路朝我方進軍。各路戰力看似相當，所以不清楚哪一路才是主力。」
「嗯……三路都是主力，也都能助攻。這是葛拉茲擅長的戰術。」
「全都是主力兼助攻？」
「將順利的那一路當成主力，進度較慢的負責支援。」
「這招行得通嗎？」
「由於所有人進攻時都將自己當成主力，能讓敵軍懷疑是總攻擊而陷入混亂。除此之外，也能讓敵軍不知該防守哪裡。這種戰術很依賴前線指揮官的判斷和統率能力……不過葛拉茲也很擅長挑選前線指揮官。」

「不愧是葛拉茲大叔。所以說，對策呢？」

「視為敵軍分散戰力並集中攻擊一路，突破該路後直衝大本營，是比較簡單的方法；不過……」

「如果是葛拉茲大叔，應該也會設想到這部分？」

「一定會。所以，要把敵軍拖入他們不想要的持久戰。時間站在我們這邊。」

「知道了。全軍就地迎擊，所以中央是比傑爾大叔，左路是蒂潔爾，右路則是阿爾弗雷德負責。」

「對方會挑釁，通知他們不要上當。」

「包在我身上。」

「魔王大叔，情況不妙！蒂潔爾的魔像倒了！」

「那個居然會倒？」

「似乎碰上巨人族大舉來襲。啊……被突破了。」

「敵軍往這裡衝了嗎？」

「呃……似乎繞向中路的比傑爾大叔後方。比傑爾大叔……來不及逃。這樣下去會被包圍。」

「大本營前進！反過來包圍想要包抄的敵軍！阿爾弗雷德呢？」

「看見蒂潔爾的魔像倒下之後有點動搖，遭到敵軍壓制的樣子。不過，靠著兩位前任四天王輔佐，勉強還撐得住。」

「很好。只要那兩人還在，就撐得下去。走吧！」

「比傑爾大叔打出手旗信號。我軍、從現在起、將往敵陣、衝鋒。魔王大人，萬歲！」

「唔！比傑爾……」

「魔王大叔，怎麼辦？」

「雖然很想和他一起衝，但我畢竟是魔王，不能這麼做。看準時機後撤，退到第三寨。通知阿爾弗雷德配合行動。」

「了解。」

「呵！別那麼沮喪，我們還沒輸。魔王的戰鬥要堅持到最後一刻。然後讓大家曉得，最後笑的會是本魔王。」

「嗯，我很期待。」

村子南邊的廣場，此刻正在打一場壯烈的雪仗。

規則很單純，只有一條「限定用雪攻擊敵人」。

換句話說，就算被雪打中也可以繼續行動，相當自由。目標是用雪球互丟到對方認輸為止。

我謹慎地婉拒了邀請。然後，我在寒冷的天空下，重新認識到自己做出了正確選擇。

儘管只能用雪攻擊敵人，卻沒有禁止魔法。

換句話說，可以用火魔法防禦。雖然禁止用召喚出來的魔像打人，可以讓魔像丟雪球。

反過來說，碰上魔像就可以用雪以外的手段攻擊。大概是將魔像視為魔法吧。

蒂潔爾召喚出巨大魔像時，我還以為會變成單方面的屠殺，結果巨人族列陣上前把魔像放倒，令人大吃一驚。

魔像倒下後，蒂潔爾只能逃跑……卻遭遇瑪爾比特和瑞吉蕾芙自上空發動的投雪攻擊，因而敗北。

我原本以為比傑爾是刻意不用傳送魔法，然而並非如此。

他在最後關頭以傳送魔法出現在敵陣的葛拉茲背後，想要解決葛拉茲，不過失敗了。

葛拉茲大概已經猜到比傑爾會傳送到哪裡了吧，比傑爾傳送的地點有個陷坑。

掉入坑裡的比傑爾，就這麼慘遭活埋。他還好吧？

阿爾弗雷德領著兩位前任四天王奮戰不懈。

兩位前任四天王平常待在「五號村」，被魔王找來參加這場雪仗。

起先他們很不滿，但是不知為何很配合阿爾弗雷德，現在正努力想讓阿爾弗雷德喊他們「爺爺」。

啊，好厲害。

他們用火魔法擋住琳夏和菈茲瑪莉亞的投雪攻擊，還用大顆雪球回敬，雙方有來有往。

嗯？好大的歡呼。

仔細一看，不死鳥幼雛艾基斯一邊飛行一邊融化途經的雪，魔王建立的雪寨先後遭到破壞。

一顆大雪球往艾基斯飛來，似乎是來自魔王軍最後方的投石機。

儘管優兒這一發攻擊相當精準，艾基斯卻輕巧地避開並撤退。

相對地，戈爾、席爾與布隆三人則沿著艾基斯開闢的路往前衝。抱著大雪塊衝鋒啊？不冷嗎？

順帶一提，這場雪仗——

沒有什麼獎金或獎品。能夠得到的，只有榮譽。

所以說，魔王也就罷了，我原本以為葛拉茲只會應付一下，為什麼他認真到這種地步？指揮的聲音連我站這麼遠都聽得到。

「啊，那是因為多加了點情境。」

回答我這個疑問的是始祖大人。

……情境？

「他的妻子被魔王強行擄走。我們原本想，假如設定一個這種感覺的情境，應該比較容易讓他認真對抗魔王……」

原來如此。

「前進！前進！前進！一定要拿下魔王的腦袋！」

我能理解葛拉茲為何戰意高昂了。

雪仗以魔王遭到討伐劃下句點。

烏爾莎雖然也撐了很久，但還是頂不住，魔王方只剩阿爾弗雷德。很厲害喔。

總而言之，大家應該都覺得很冷吧？趕快去泡澡或泡溫泉。觀戰的人也是喔。

始祖大人，不好意思，能不能麻煩你帶想泡溫泉的人去溫泉地？早早便退出戰局的蒂潔爾，已經移動了。

嗯？怎麼啦，烏爾莎？豬肉味噌湯？喔，原本準備打完雪仗就端出來，結果你們打到太陽下山了嘛。所以豬肉味噌湯會在晚飯的時候端上桌。

安她們也準備了很多好菜，所以趕快去泡澡或泡溫泉吧。葛拉茲，勝利報告如果不適可而止，你心愛的蘿娜娜會著涼喔。你們可以一起去泡溫泉，報告就在那邊繼續吧。

我想應該和積了很多雪無關，總之是個熱鬧的一天。

Farming life in another world.

Chapter,2

Presented by
Kinosuke Naito
Illustration by
Yasumo

〔第二章〕

老虎與伊絲莉

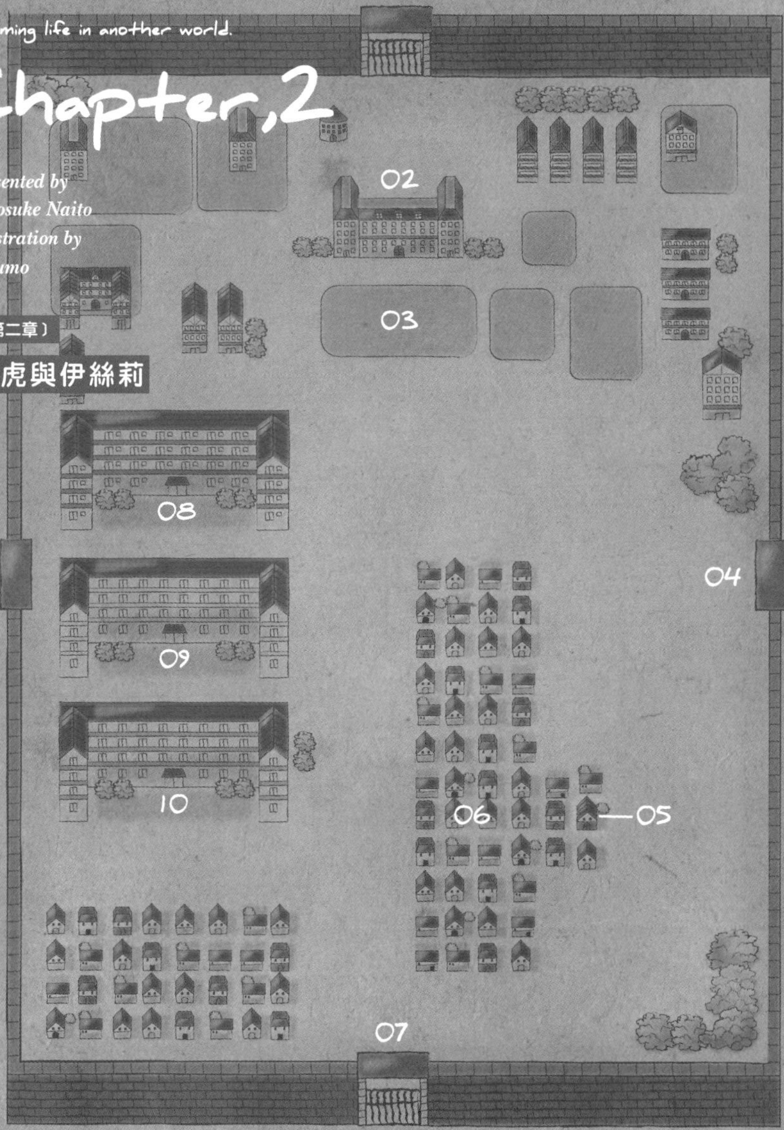

01.北門　02.校舍　03.操場　04.東門　05.戈爾等人的租借地　06.出租住家　07.正門
08.教師宿舍　09.女生宿舍　10.男生宿舍　11.西門

1 老虎

不可以偷吃。我已經說過不能這麼做。

想吃就要說出來。儘管我已經這麼提醒大家，卻還是逮到偷吃的嫌犯。

貓姊姊米兒。

實際上不止米兒，拉兒、烏兒與加兒都是，不過在我眼前的只有米兒。

理由很簡單，因為逃得慢。我原本還懷疑米兒怎麼可能跑得慢，不過呢，嗯，該怎麼講。其實是因為嘴裡叼的魚太大，所以才沒逃掉。太貪心了。

然後呢，大概是魚鱗卡住了吧，米兒就算張開嘴巴，魚依舊沒脫離牙齒。

…………

不能笑。這個場面該生氣。

我原本板著臉，但是米兒求救的難為情叫聲，害得我忍不住笑出來。真是的。

擔心米兒的拉兒、烏兒與加兒帶著偷走的魚回頭，所以我幫米兒把魚拿下來。雖然我幫妳把魚拿下來，這並不代表我已經原諒妳們嘍。暫時禁止妳們四個進暖桌。哼，別想演戲博取同情。

魔王你也別跟著起鬨。還有魔王，你後面那隻大老虎是怎麼回事？看起來是生面孔，牠是你的部下嗎？不是？普通的老虎？某個地方貴族聽說魔王很喜歡貓才送的？老虎可不是貓喔。那個貴族送禮的時候以為是貓？

牠在送禮的途中逐漸長大，抵達時已經成了堂堂老虎？那位送禮的貴族大概也嚇了一跳吧。

所以，你是為了向我炫耀才帶牠來？不是？希望養在這個村子裡？這裡可不是動物園喔。

奇怪的動物交給這個村子就好，是哪來的想法……算了，這件事先不管，那隻老虎會咬人嗎？會鬧事嗎？可以摸？沒問題？

這老虎確實很大一隻，不過就像離開自家地盤的貓一樣乖巧。

我伸手想摸老虎，卻被米兒牠們攔住。要摸就摸米兒妳們？妳們啊，平常不是只有心情好，才讓我摸嗎？不要嫉妒新來的啦。

不過，這時候如果不先摸米兒牠們，這幾隻貓就會鬧上很長一段時間的脾氣，所以我還是摸了。我知道。以背部為主，肚子不行對吧？尾巴根部……今天可以是嗎？好乖、好乖。

可是，別以為這點程度就能解禁暖桌喔。不要用那種遭受打擊的表情看我。

妳們偷的魚，是鬼人族女僕特地為阿爾弗雷德他們準備的喔。

沒錯，釣的。在這麼冷的時期，特地去釣的。所以，就算我肯原諒妳們，安也不會原諒。這段時間就表現出有在反省的模樣吧。

…………我很高興妳們這麼懂事，但是覺得安比我可怕是怎樣？唉，貓大概還是無法違逆每天為自己準備食物的人吧。

應付完米兒牠們之後，我伸手摸老虎。

嗯～這斑紋……雖然我不太清楚品種，毫無疑問是老虎。

可是，牠就像個擺設一樣，完全不動耶。或許是陌生的環境，讓牠很緊張。也許安排一個能夠讓牠放鬆的地方比較好。

嗯，從大小看來……在宅邸裡安排一個空房間可以嗎？啊，要是做標記留下氣味就不好了。

……

外面是晴天呢。手邊有空的精靈和山精靈，集合！

我們在牧場區蓋了間虎舍。

蓋完之後我才想到，這隻老虎，會不會襲擊牧場區的動物啊？老虎是肉食動物對吧？絕對不會做這種事？嗯……

嗯，確實，小黑的子孫們也沒這麼做嘛。知道了，就相信你吧。我們會幫你準備食物，如果覺得不夠就告訴我們。

那麼，暫時在虎舍生活試試吧。要是有什麼需要改善的地方，我們會處理。

……

怎麼啦？不喜歡虎舍嗎？不是？寂寞？

呃……

最後決定在老虎習慣之前，先在宅邸安排一個房間給牠。

希望老虎盡可能忍著別標記地盤。

好不容易才蓋好的虎舍，我原本以為要等到春天才能派上用場，結果被山羊們占領了。山羊已經有專用的棚舍了吧？怎麼啦？新蓋的比較好？

……………只到春天喔。注意別弄得太髒。

儘管老虎來了好幾天，一直不太離開房間活動。

我原本擔心牠不習慣，卻看見牠在房間裡和貓姊姊們睡在一起。看來沒問題。

…………

貓姊姊們啊，你們應該不是只把老虎當成暖桌的替代品吧？有好好相處吧？

2 聖獸山月

新來的老虎在宅邸中移動時，遇上和古隆蒂待在一起的雙頭犬歐爾。

雙頭犬歐爾看見老虎先是愣了一下，隨即邊吠邊往老虎衝過去。大概認為自己打得贏吧，叫聲聽起來很高興。

然後，當牠抵達差一點就能撲到老虎的距離時，米兒從老虎背上探出頭來。牠應該是嫌歐爾的叫聲很吵吧。

米兒之後，拉兒、烏兒與加兒跟著探頭。四隻貓姊姊似乎都在老虎的背上睡覺。

歐爾見狀立刻閉上嘴，在老虎面前來了個漂亮的迴轉。牠跑回古隆蒂身邊搖著尾巴，一副「那太奸詐了」的模樣。

古隆蒂苦笑著摸摸歐爾的頭安慰牠。我覺得這樣太寵牠嘍。

然後老虎，抱歉嚇到你了。沒事吧？

米兒妳不該找我抱怨吧？算了，妳們和老虎相處融洽再好不過……老虎由米兒妳們保護？這樣啊，那就拜託嘍。嗯，我知道。

解除暖桌禁令這件事，我會婉轉地告訴安。

在歐爾和古隆蒂之後，老虎遇上的是陽子。

陽子彷彿看見什麼稀奇的東西，觀察老虎一會兒後，想了一下就把德斯叫來。為什麼要找德斯？然後，你們能不能別說悄悄話啊？這樣會讓人很不安。

沒事？真的？這隻老虎是普通的老虎吧？

既然你們都點頭，那我就相信你們……不，既然如此，為什麼陽子要把德斯叫過來？要把老虎用在什麼活動上嗎？

……看來不是。

這隻老虎有什麼祕密對吧？別瞞著我，從實招來。

老虎好像是聖獸的子孫。

…………

聖獸是什麼？

「就是接近神域的野獸，以前很多，現在應該只剩下猿猴齊天、大象迦尼許和老虎山月這三隻。」

陽子告訴我，以前還有熊、牛和馬等，許多種聖獸。

這麼說來，沒有狐聖獸嗎？

「狐聖獸得到神的認可，成為神使了。」

原來如此。

說到神使，就想到在「五號村」工作的妮姿呢。記得她應該是蛇神使者。妮姿以前也是聖獸嗎？

想到這裡，德斯拍了拍我的肩膀。

「狐聖獸成為神使之後，還當上了神的直屬臣下，但是出走了。目前，她就在『五號村』擔任代理村長喔。」

…………
這也就是說……
「以前的事就別提了。」
陽子瞪了德斯一眼。
換句話說，陽子以前是聖獸？哦～我都不知道。
雖然我有很多事想問，比如說神使和直屬臣下的差別、為什麼出走，不過還是回歸正題吧。
所以說，聖獸子孫是什麼意思？像一重那樣嗎？不是？
虎聖獸雖然受到人類國家尊崇，大約七百年前虎聖獸的孩子遭到人類勇者誘拐？聖獸受到尊崇吧？為什麼勇者要誘拐小孩……喔，假勇者啊。原來如此。
然後，被誘拐的小孩下落不明，這裡的老虎很可能是當年那個小孩的後代。
證據呢？特徵是眼睛的顏色？嗯～雖然很漂亮，但我不知道其他老虎的眼睛長什麼樣子，所以分不出來。
然後，重點在於……如果這隻老虎是聖獸子孫，會有什麼問題嗎？沒有問題？這樣啊，那就好。
因為米兒牠們一臉擔心地瞪著我嘛。老虎可以就這樣住下來喔。
隔天。
我眼前有隻很大的白虎，差不多有一棟三層樓的房屋那麼大。牠應該就是虎聖獸山月吧。

明明說了沒問題……嗯？啊，不好意思，您真客氣。
我收到一隻全長約三公尺的銀毛熊。連肉帶骨一應俱全，是要請我吃嗎？看來是。
所以您的來意是……我家的老虎是吧。我知道。話說回來，傷勢沒問題吧？
山月看起來遍體鱗傷。
牠似乎在數個月前受到神的啟示之後，便趕往「五號村」。
神好像沒解釋要山月前往「五號村」的理由，所以在「五號村」聽到陽子提起子孫的話題之後，山月相當興奮。坐立難安的牠以傳送門移動，不聽陽子的警告就在「大樹迷宮」裡狂奔，結果被阿拉子攔了下來。
身上的傷就是當時留下的。要是陽子沒出面制止，似乎會有危險。
總而言之，山月一邊接受芙蘿拉的魔法治療，一邊與老虎見面。
…………
山月欣喜若狂，老虎卻愣在原地搞不清楚狀況。反倒是老虎背上的米兒牠們有反應。
可是啊，不要威嚇人家啦。人家又不是來搶老虎的，對吧？咦？想帶牠走？
呃……這就要看老虎的意願了。
如果老虎想離開，我不會阻止；但如果老虎想留在這裡生活，我會全力保牠。
啊，山月也沒打算硬把牠帶走？那就好。
事情就是這樣，米兒妳們別再施放攻擊魔法了。山月完全沒抵抗……牠倒下啦！芙蘿拉！快用治療魔法！

3 蒼月

虎聖獸山月，躺在宅邸的某個房間裡。

多虧世界樹葉，身上沒傷。

儘管本人表示不需要，我認為這樣實在不行，所以堅持要用。雖說山月沒有生命危險，畢竟傷得很重。真是抱歉。

我已經訓過米兒牠們了，希望你可以原諒牠們。這麼向山月表示歉意後，山月反過來向我道歉。

「我才該道歉。我以為兒子早就亡故，沒想到能見到他的子孫，導致太過興奮，讓那些貓擔心了。還望恕罪。」

嗯～雖然看上去就是隻大老虎而已，不過該說真不愧是聖獸吧。

互相道歉下去會沒完沒了，所以我接受山月的賠罪後再次向牠致歉，讓這件事劃下句點。

接著，我又安排了一個房間，讓老虎和山月見面。

房間裡只有老虎和山月，米兒牠們在房間外。我費了一番力氣才把牠們帶開，牠們很生氣。

不過，山月是老虎的血親，更因為老虎活著而感到高興，這點要承認。然後，該讓牠們冷靜下來好好談一談。

……………明白了嗎？好乖、好乖。拜託別咬我的手。

老虎和山月談過之後，表示希望留在村裡。

山月顯得很遺憾，但是牠似乎並沒打算強行把老虎帶走，還託付我照顧老虎。當然，包在我身上。

然後，山月為老虎取了名字，名叫蒼月。

當年被誘拐的小孩好像就叫這個名字。山月無論如何都希望老虎繼承，老虎答應了。我覺得是個好名字。

蒼月載著米兒牠們在宅邸裡散步。要是跑到外面，米兒牠們會嫌冷而生氣。

鬼人族女僕們好像也很疼蒼月，應該不會起什麼衝突。

要說有問題，大概就是魔王一直瞪著蒼月吧。米兒牠們被搶走，讓魔王很嫉妒。

……………

雖然米兒這幾隻貓姊姊一直黏著蒼月，但是還有艾利爾牠們幾隻小貓在吧？

看，艾利爾牠們都在魔王腳邊晃來晃去，看起來很希望魔王陪牠們。

既然魔王不理牠們，那就由我……魔王抱起艾利爾牠們窩進房間了。大概是要對幾隻小貓抱怨四隻貓姊姊吧。

我覺得最好在艾利爾牠們嫌煩之前停止喔。

山月在村裡待了幾天之後，決定往「五號村」移動。

好像要和蛇神使妮姿打招呼的樣子。

這倒是無妨，不過以老虎的模樣到處晃會引發騷動，是不是把妮姿叫過來比較好？

就在我這麼想時，山月化成了人類形態。是個白髮老人。不過沒有駝背，很適合穿西裝。既然陽子能化身為人，山月做得到好像也不奇怪。

儘管讓人覺得：「一開始用這個模樣來不就好了？」我卻沒說出口。

山月向妮姿打完招呼之後，好像要直接回故鄉。

明明才剛認識，令人有點遺憾，不過只要有緣就能再見吧。我辦了個簡單的送別會，然後目送山月離去。

…………

走得真乾脆呢。

我原本還以為，向妮姿打完招呼後，山月會在「酒肉妮姿」裡放鬆一下，順便在「五號村」觀光。聖獸都這麼盡忠職守嗎？讓我有點敬佩。

不過，回程時在「五號村」買了堆積如山的土產是怎樣？呃，「五號村」的商店應該很高興，但是有幾家店出現缺貨狀況。

冬季沒辦法立刻補貨，所以很麻煩。醬油和味噌似乎特別危險，可能會因為缺貨而價格開始飆漲。就算下令增產醬油和味噌，也沒辦法立刻做到啊……陽子為這件事抱頭叫苦。

要是繼續漲下去，大概得把「五號村」儲備的醬油和味噌釋出。提醒商人別賣到缺貨……應該很難吧。畢竟商人的工作就是賣東西嘛。

想辦法避免「五號村」居民為缺貨所苦，則是執政者的工作。陽子，加油吧。當然，我也會幫忙。

話是這麼說，但我頂多只能拜託戈隆商會釋出庫存……

咦？戈隆商會的庫存也不夠？有個老人大量收購？

……

下次見到山月時向他抱怨吧。

4 烏爾莎的朋友

「大樹村」來了位明確的訪客，烏爾莎的朋友。

魔王和德斯他們不是訪客，應該算是朋友或親戚。

如果是訪客，應該會表現得客氣一點。說穿了，訪客不會窩在房間裡逗小貓，不會用「幫小孩取名字」當理由一直開宴會。

應該會多為我這個宅邸主人著想。

要求小貓用的刷子和宴席料理是怎樣？呃，會做，也有準備啦。我知道，米兒牠們的份也要做，不然牠們會生氣對吧？蒼月的份也會做啦。

宴席料理的事，我會告訴安她們，總之先吃點麻糬吧。要喝酒就和多諾邦他們說一聲，反正你們也不是不認識吧？

言歸正傳，烏爾莎的朋友是個普通女孩。

雖然有自稱殺手這個稍微讓人困擾的毛病，不過考慮到她的年齡，會這樣大概也是難免吧。阿爾弗雷德有時候也會講這種話嘛。

不，不止阿爾弗雷德。蒂潔爾和娜特偶爾也會有些豪言壯語。

烏爾莎……倒是不會講這些呢。無論如何，這種話還是別對初次見面的人講比較好。

阿爾弗雷德他們在這方面應該懂得分寸…………然而烏爾莎的朋友好像不是。因此我起先以為這孩子可能有點問題，不過第二次打招呼就很正經。可能是第一次太緊張了吧？畢竟，她甚至說自己的特技是攻擊要害嘛。

打完招呼之後，烏爾莎的朋友和孩子們一起行動。

感覺她比較親近娜特而不是烏爾莎，這是我的錯覺嗎？或許是因為烏爾莎丟下朋友不管，跑去黏著哈克蓮。

烏爾莎的朋友在打雪仗時負責保護魔王，表現傑出，還得到魔王誇獎呢。雖然烏爾莎的朋友表情有點怪。

是不是因為打雪仗的關係啊？

烏爾莎的朋友看來很喜歡洗澡，一天要洗好幾次。

不過，她似乎不太喜歡溫泉。烏爾莎帶她去泡溫泉，她卻發著抖回來，好像連溫泉都沒進去。

死靈騎士們甚至託人傳話，表示很擔心烏爾莎的朋友。是不是她對溫泉有什麼慘痛的回憶？呃，可是她出發前好像很期待……嗯，真是個難解的謎。

烏爾莎的朋友，早中晚三餐都有好好吃。

原本以為她看見午餐會愣住，不過烏爾莎他們在學園裡都會鼓勵大家要吃午餐，所以似乎沒問題。而且她不挑食，都會吃乾淨。

不過，吃的速度很快。是不是因為難得和一群人一起吃飯啊？不，大概剛好相反吧。沒人會和妳搶，可以慢慢吃喔。

烏爾莎的朋友沒辦法進森林。因為烏爾莎和阿爾弗雷德不讓她去。

所以，烏爾莎的朋友和娜特他們一起向格魯夫和達尬學習劍術。她的實力雖然還不行，天分不差。畢莉卡也對她讚賞有加。

不過，明明受到稱讚，她的表情卻有點奇怪。是因為看見畢莉卡輸給格魯夫和達尬嗎？就算贏不過格魯夫和達尬，還是看得出畢莉卡很有實力耶？

嗯？喔，我不參加啊。因為我很弱。

…………

呃，不用露出那種奇怪的表情吧。

晚上。

烏爾莎的朋友常去找從「五號村」回到「大樹村」的聖女瑟蕾絲。儘管處於下班模式的瑟蕾絲顯得不太情願，好像也沒把人家趕走。

只不過，這兩人初次見面時突然打了起來。

烏爾莎的朋友雙手各拿一把短劍，瑟蕾絲則是空手。

我原以為瑟蕾絲會有危險，卻看見瑟蕾絲輕巧地躲開短劍，連續用三記左勾拳招呼烏爾莎朋友的側腹，趁著對方動作慢下來時一記右直拳對準身體……我想，她瞄準的部位應該是胃吧。勝負就此分曉，我來不及制止。

之後，兩人顯得感情很好。那場戰鬥到底是怎麼回事啊？

順帶一提，被烏爾莎朋友胃液弄髒的地板，是我清理的。

烏爾莎的朋友是訪客，所以在宅邸借了一個房間。

起先她希望住在旅舍，但是冬天外面很冷，加上要和烏爾莎見面會很麻煩，所以阿爾弗雷建議她住在宅邸裡。我也不反對。

只不過，她沒睡在床上，而是睡在床底下。

聽了小黑子孫們和座布團孩子們的報告我才知道……然而這點我也無能為力。因為和床有關的話題，有可能會引來露她們的誤解嘛。

反正已經鋪了地毯，應該不會冷吧。而且這麼做或許是她的生活習慣，我不便多嘴。

山月停留那幾天，烏爾莎的朋友當然也看到了山月。

她驚訝地張大嘴巴，害我笑了出來。

唉，畢竟山月有一棟三層樓的房子那麼大，會驚訝也是難免。

不過，既然能自由自在地改變大小，那麼山月以普通老虎的尺寸來不就好了？啊，不，用人類的模樣來比較好。

嗯，他到「五號村」都還是人類模樣，可能突破「大樹迷宮」時處於認真模式，才會變成那種大小吧。陽子也能變那麼大，或許聖獸本來就很大一隻。

順帶一提，山月在「五號村」買的土產，由商人們負責運送。好像花了不少錢，聖獸都很有錢嗎？

咦？山月在故鄉有個很大的商會？真厲害耶。

這次交易牽起了線，以後兩邊有可能會定期做買賣。

這是陽子告訴我的。

…………

還是加快醬油和味噌的增產計畫吧。

還有其他東西，像是辛香料之類的。可能是「酒肉妮姿」使用很多辛香料在肉上面，因此讓他注意到了吧。

烏爾莎的朋友好像對藝術品很感興趣。

她一直盯著我的雕刻看，感覺不壞。

看到神像的時候，始祖大人就開始說明。要是覺得煩，直說無妨喔。座布團的孩子們，我知道你們想炫耀座布團，但是不用特地把那麼大的東西搬來。

嗯？小黑的子孫們也…………喔，想讓她看看藏起來的小雪雕像啊。那倒是無妨喔。我來幫忙吧。

…………

怪了？烏爾莎的朋友去哪裡了？啊，找到了、找到了。

有什麼東西掉到桌子底下了嗎？

……

再考慮到床的事，該不會她喜歡地板？烏爾莎的朋友還真怪呢。

閒話　伊絲莉

我的名字叫伊絲莉。伊絲莉．伊雷本艾特，是個人類。

我是殺手，從五歲開始接受組織培養，現在十六歲。

我自認已經學會不少暗殺技巧。然而，目前尚未實踐。殺過人似乎會導致某些東西產生反應，這是對策。

換句話說，我是只為殺一人而培養出來的殺手。雖然還沒有決定目標。

真希望趕快決定，不然我的幹勁會白白浪費。

……

我受命潛入位於魔王國王都的加爾加魯德貴族學園。

地點就在敵營正中央呢。該不會教官得知我聊到有關他毛髮的話題吧？唉呀，怎麼可能嘛。

總不會因為私怨，就把在組織裡暗殺技巧名列前茅的我處分掉吧？我相信組織不會這麼做。我不認為這是流放或貶職。真的沒這麼想喔。

好啦。

雖說是潛入，但也只是正常入學而已。就我的目標看來，應該要當一個普通的學生吧。

要說有什麼麻煩之處，大概就在於我的種族是人類……扮成人類商賈的女兒應該就行了吧。於是我去見在當地紮根的組織特工。

………

組織在魔王國王都本來有七名特工，現在剩下三名。好像是不久前王都執法變嚴了。

照理說特工的主要任務是蒐集情報與支援我們這些殺手，應該不至於被捕……喔，為了賺點零用錢去做壞勾當啊？真是愚蠢耶。

儘管特工的資質令人懷疑，沒被捕的特工有好好做事，看來沒問題。話是這麼說，不過被捕的超過一半……還是別談這個話題吧。

我入學沒問題嗎？

……知道了，就相信你們吧。那麼，以商人女兒的身分……

咦？商人女兒不行？會仔細檢查？為什麼如此提防？

大概是因為潛入常用這種身分吧。真該誇獎魔王國。

反正我對商人女兒這個身分沒什麼堅持，就老實地換一個吧。

於是我假扮成受僱於魔王國貴族的女孩，進入加爾加魯德貴族學園就讀。

這世間還是看錢耶。有錢就有辦法。

我起先希望盡可能不引人注目，不過發現是白擔心。因為有三個比我更顯眼的學生入學。雖然他們看起來像是普通小孩，姑且還是蒐集一下情報吧。

儘管我的工作是過普通生活，為了組織下達指令時能夠迅速行動而做準備也很重要。我這個人啊，實在是太優秀了。

那些顯眼的學生被殺手盯上，我所屬的組織好像也提供了協助。似乎有見過的前輩在裡面努力。

結果失敗了。要是知會我一聲……應該是我想太多。

就算是我，也贏不了那幾個孩子。做不到。有些事人類做得到，有些事人類做不到。

縱使懷抱夢想和希望是個人自由，拜託別把我牽扯進去。對，我決定和那些顯眼的學生保持距離。不要靠近，也不要結識。

如果組織要我對那些學生下手，我會做好背叛組織的心理準備。就是這麼嚴重。

照理說我不該這樣，但是我已經報告過嘍。希望組織想清楚再下判斷。
「混蛋——————！」
聽到怒罵聲而嚇得回頭的我，看見某人的鞋底。
似乎是一記飛踢踢在我臉上。我一路滾到牆邊，翻了至少三圈。
「幹什麼啊——————！」
不好，暴露本性了。
但是好痛，不可原諒。
我站起身，發現面前的人就是那些顯眼學生的其中一人，名字叫做烏爾莎。
她指著餐桌上的某樣東西。
我仔細一看……是我剛剛用的餐具。
這裡是學園餐廳，餐具沒什麼稀奇的。我確實地豎起了用餐完畢的牌子，也給出了「可以收拾」的信號。
雖然完全不想和對方扯上關係，我也沒有好欺負到被單方面攻擊還能默不吭聲。
「沒頭沒腦就打人，未免太過分了吧？」
決定找機會出手的我，在隱藏本性拋出這句話的同時走向對方。
…………

怪了？我背後是誰啊？

強烈的殺氣讓我轉過頭去。另一個顯眼的學生——阿爾弗雷德，就站在那裡。

不知為何他顯得很生氣，而且生氣的對象還是我。

我做了什麼事，讓他看不順眼嗎？

大概是發現我一臉困惑吧，阿爾弗雷德指著我的餐具說出答案。

「紅蘿蔔還留著喔。」

…………咦？我就因為這樣被踢？

對於烏爾莎和阿爾弗雷德而言，不止是紅蘿蔔，任何飯菜沒吃完似乎都是該以死謝罪的行為。

不止本人，別人也一樣。居然將自己的原則強加在別人身上，實在太過分了。

雖然我這個殺手沒資格講別人。

無論如何，我不會忘記他們架住我後，把討厭的紅蘿蔔塞進我嘴裡這回事。總有一天我要報仇。

呃，以實力差距來說辦不到，這點我懂。但是做人要有志向。雖然把報仇當成志向也不太對勁就是了，加油吧。

明明決定別靠近那幾個顯眼的學生——烏爾莎、阿爾弗雷德與蒂潔爾，我卻不知為何加入了那三人所在的團體。

為什麼會這樣？因為我被烏爾莎看上了。
雖然不知道她看上我哪一點，我希望避免引人注目，所以決定順水推舟。
嗯～務農真開心。呵呵呵，長得很好呢。讓我把你割下來吧。
「烏爾莎同學，今天晚餐有幾個人啊？」
「今天葛拉茲大叔要來，所以據說有兩百人。」
「我知道了。」
我負責的茄子正是嘗鮮的好時機，就為它的美味而震撼吧。

這樣的生活過著過著，到了即將入冬的時期。
沒辦法繼續務農令人難過。還有，冬天該怎麼辦呢？
學園雖然有開，學生大多回老家了。
儘管能夠在學園自由活動，留下的學生並不多，所以會很顯眼。話是這麼說，但我和明面上被視為我老家的貴族之間，只有金錢往來。
就算我說要過去借住，人家大概也不會……不，如果多付點錢……應該還是不行吧。雖說缺錢，但貴族畢竟還是貴族，想來會拒絕陌生人同住吧。嗯～要當個冒險者嗎？
不行，太顯眼了。
拜託管理學園牧場的梅涅克先生讓我在冬季期間借住，順便幫他工作，不知如何？感覺不壞呢。

反正我已經在牧場幫忙過好幾次，梅涅克先生也常說他那裡人手不足，應該沒問題吧。明天去問問看吧。

想到就該立刻行動，我忘了這個基本原則。

我在和梅涅克先生見面之前，遇上烏爾莎同學。應該說不小心碰上了她。

於是我要去烏爾莎同學的老家了。

閒話　伊絲莉　前往村子

我是只為殺一人而培養的殺手。

雖然還沒決定目標，那些比較可能成為目標的重要人物，我已經將他們的情報記在腦袋裡。

魔王國的魔王加爾加魯德、傳送魔法使用者暨外交重鎮克洛姆伯爵、號稱戰場上無敗績的布里多爾將軍、人稱財政支配者的雷格公主，以及隻手撐起魔王國內政的四天王之首藍登大臣。

…………

這些堪稱魔王國支柱的重要人物，我多少都打過招呼。因為這些人不知道為什麼，會跑來找烏爾莎同學他們。

如果現在下指令要我動手，我有自信能成功。雖然實力是對方比較強，但他們正在吃我做的料理。

呵呵呵，也就是說…………

不能用毒。我的茄子不能當反派。我認為，如果要殺人，就應該堂堂正正從背後刺下去。

可是呢，那也要等指令來了再說。不過，感覺指令不會來耶。

不知道為什麼，最近都沒接到組織的聯絡。

沒意義的聯絡雖然會造成困擾，可以來點不至於讓人起疑的聯絡吧？

好啦，到了應烏爾莎同學邀請拜訪她老家的日子。

我體驗了克洛姆伯爵的傳送魔法。原來如此，這還真是恐怖。雖說人數不多，卻能在無人知曉的情況下運送人員，非常適合暗殺。用來做誘拐之類的勾當會相當輕鬆，好想學。真希望我也變得能使用傳送魔法。

就在我思考這些時，已經到了烏爾莎同學的老家……村子前面。這個村子看起來有不少人……那是什麼？有一棟看起來和村莊風景格格不入的巨大豪宅耶。那是魔王……抱歉，魔王大人的別墅嗎？

不是，那是烏爾莎同學的老家。

抵達那間豪宅前，我不知為何昏過去了。究竟是為什麼呢？啊，洗澡真舒服。

幸好聽從克洛姆伯爵的建議，準備了很多套換洗衣物。

洗完澡。

好啦、好啦，我是只為殺一人而培養的殺手。雖然還沒決定目標，那些比較可能成為目標的重要人物，我已經將他們的情報記在腦袋裡。

然後，其他重要人物的情報也記在了腦袋裡。

吸血公主露露西．露。

被人類諸國標記為最重要防備對象的吸血鬼。

原本應該是討伐對象，然而她在醫療方面的知識與技術實在令人難以割捨，所以人類諸國決定放過她。絕對不是因為討伐不了喔。應該吧。

然後這個露露西……失禮了。原來這位露露西女士，就是阿爾弗雷德同學的母親嗎？這樣啊。

…………

吸血鬼能生小孩嗎？不，眼前就有實際案例，我問了個蠢問題。雖然吸血鬼的生態好像崩潰了，我決定別多想。

不過，「吸血公主有兒子」這項重要情報，我先前完全沒聽說過喔。

雖然吸血公主應該也不會宣傳，這應該是非知道不可的情報才對。各國情報機關在搞什麼啊？

不過嘛，確實我也和她的兒子阿爾弗雷德同學在學園相處了半年左右……還是別談這個話題吧。

再來。

天使族的天翼巫女瑪爾比特、天使族輔佐長琳夏、天使族激進派蘇爾蘿、殲滅天使蒂雅，以及撲殺天使的格蘭瑪莉亞、庫德兒與可羅涅。

…………

天使族的重要人物齊聚一堂？這裡是天使族之里所在地加雷特王國嗎？看樣子不是。

啊，蒂雅女士是蒂潔爾同學的母親啊？

…………

原來蒂潔爾同學是天使族嗎？我從來沒見過她飛耶？

不，不對。呃……「殲滅天使蒂雅有女兒」這項情報，我先前也沒聽說過。

這件事或許是機密，然而事情和那個殲滅天使有關係耶？這不是列為最優先調查、共享的情報嗎？各國情報機關到底在幹什麼啊？

這些事我必須向上級報告。

雖然我這麼想……不過，我記得吸血公主和殲滅天使應該是永遠的死對頭才對啊？她們兩個的距離是不是太近啦？她們都住在這間屋子裡？因為共事一夫？原來如此、原來如此。

…………

不好意思，理解現況稍微花了點時間。

人類諸國最重要的防備對象吸血公主露露西和殲滅天使蒂雅，嫁給同一個男人，而且都生了小孩？

…………

抱歉。

我還是搞不懂。這件事先放一邊。

然後啊，照這樣看來，烏爾莎同學的母親，應該也是某位重要人物吧？目前好像懷孕中……

龍？別開玩笑了啦～

嗯，在窗外大鬧的龍映入了眼中，不過腦袋拒絕處理，所以我看不到。看不到就是看不到。

我想，就算我把吸血公主和殲滅天使的事報告上去，也不會有人相信吧。

我聽了也會笑著把它歸類為錯誤情報，並且調低報告者的評價，所以報告還是算了。評價很重要。

話說回來，那位很有威嚴的天使族是哪一位啊？看起來不像無名之輩呀？啊，天使族的長老是嗎？

名字叫瑞吉蕾芙……大人？

好像是古代文獻上出現過的名字……而她低頭致敬的對象是……烏爾莎同學、阿爾弗雷德同學與蒂潔爾同學的父親嗎？

…………………

真普通耶。

吸血公主、殲滅天使和龍是看上這個人哪一點才嫁給他啊？看起來也不強，全身都是破綻。只要想殺隨時都……………咦？我剛剛死了？什麼？發生什麼事了？

…………噫！

烏爾莎同學的父親身旁，有兩隻額頭上長了角的大狼。
牠們雖然黏著烏爾莎同學的父親，眼睛卻一直盯著我。我認得那種眼神。那是「我隨時都殺得了妳」的上位者眼神。
失策。我剛剛也用那種眼神看了烏爾莎同學的父親。
於是我深刻反省，然後投降。
「我是伊絲莉．伊雷本艾特，隸屬於戈爾繕王國情報統括部的潛伏殺手！」
坦白一切之後，我失去意識。
對，胸口遭到長槍貫穿的感覺沒有消失。我已經到極限了。
坦白一切的理由？假如死的只有我，不是讓人很不爽嗎？

閒話　伊絲莉　努力

我醒過來後的第一個念頭，就是「我還活著」。
這條命應該保住了吧。雖然不曉得人家有何打算，不過值得慶幸。
軟綿綿的床，躺起來好舒服。
……………奇怪？從天花板橫梁往我這邊看的是……蜘蛛啊。手掌大小的蜘蛛。

這隻蜘蛛，不是普通蜘蛛。雖然不清楚品種，但牠是魔物。而且，戰鬥能力相當強大，我贏不了。恐怕就連鍛鍊我的教官，也沒辦法。

換句話說，我昏過去了。

清醒後，眼前又是剛剛的蜘蛛魔物。

這裡是地獄嗎？我又昏過去了。

即使昏過去也沒有救贖。我很清楚。

眼前的蜘蛛舉起一隻腳是威嚇嗎？呵呵，我已經習慣了。這點程度嚇不倒我。

我努力從床上起身，發現床鋪周圍有好多蜘蛛。

…………

我靜靜躺回床上，就像睡著一般昏了過去。

我逃得出這個地獄嗎？

歷經多次暈厥之後，我成功逃到床底下。

雖然緊接著就被女僕們拖出來換衣服了，不過她們將我送回了床底下，所以沒問題。

啊，不好意思。連內衣褲都麻煩妳們清洗。

話說回來，女僕小姐。那些蜘蛛能不能想想辦法？不，並不是討不討厭蜘蛛的問題……可以？謝謝，感激不盡！

大家聽說過地獄狼這種魔獸嗎？

能夠輕易將大型城鎮化為廢墟的恐怖魔獸。這已經不能算魔獸，而是災害了。

這種災害，和蜘蛛換班來到我房間，我離不開床底下。

看見熟悉的面孔，能讓人安心。

蒂潔爾同學因為我沒離開房間，而跑來看看是怎麼回事。原來她在老家會飛啊。能夠確認她是天使族，實在太好了。

咦？要和蒂潔爾同學的父親再打一次招呼？因為先前那次他當作沒聽到？

…………

這是怎麼回事啊？不想和情報統括部為敵，所以當作沒聽到嗎？

原來如此，有可能呢。我知道了，讓我重新打一次招呼吧。

所以，能不能先帶我去洗個澡？嗯，人類雖然是容易習慣的生物，但是不能習慣髒。否則會生病。

還有，希望妳可以告訴那些想和我一起移動的地獄狼，請牠們留在房間裡。

咦？沒什麼意義？這話是什麼意思……喔，原來如此。因為宅邸裡到處都是地獄狼啊。

哈哈哈哈哈哈……請讓我回床底下。不對，讓我回學園！

人類是容易習慣的生物。呵呵呵。
只要做好赴死的心理準備，就算摸地獄狼的肚子也不可怕。
啊，再上面一點嗎？這裡？不是。這邊？那就好。

…………

是我主動摸的，不是牠們逼我摸喔。
哎呀，烏爾莎同學來叫我了。今天好像要打雪仗。
雖然我不太清楚什麼是雪仗，聽說是種大家和樂融融互丟雪球的遊戲。
我想，我已經有餘力能享受這種遊戲了。

「敵人就在正上方！躲在太陽底下！」
「嘖！我方的雪球砸得到嗎？」
「沒辦法，太高了！糟糕，快躲開！雪球要掉下來啦！」

…………

「重裝步兵隊，舉起雪長槍！」
「那與其說是雪長槍，不如說是冰長槍吧？」

「規則上沒問題！衝啊——！」

…………

「露大人出現在南方！咦？她、她正在詠唱大規模魔法！我方的對抗魔法怎麼了！」

「被剛才那波攻擊放倒了。只能直接衝過去阻止了！募集敢死隊！」

…………

和樂融融的遊戲，上哪裡去啦？

我擔任魔王……魔王大人的親衛，將雪球砸向逼近的敵人。

不要打身體，瞄準臉和手？了、了解。

別想太多，全力以赴。

「妳叫伊絲莉是吧？表現得很好。」

受到魔王大人的口頭嘉獎了。

大概是因為在最後關頭挺身替魔王大人擋下了攻擊吧。

…………

我是殺手，是魔王國的敵人……我到底在做什麼啊？

有兩個頭的狗，雙頭犬。

雖然是種狂暴的魔獸，比起地獄狼要來得弱。而且牠還是小狗，用不著害怕。
我原本是這麼想的，但是牠強得亂七八糟。誰來救救我啊～！
一位陌生女性救了我。
雙頭犬似乎很黏這位女性。她告訴雙頭犬不可以打架，雙頭犬就乖乖聽話了。謝謝您。古隆蒂女士嗎？真的很感謝您出手相救。
這間屋子裡也有溫和的人啊，太好了。
儘管要麻煩這麼溫和的人幫忙，令我很不好意思，我動彈不得，請幫我找個會使用治療魔法的人。

這間屋子端出來的餐點都是極品美味。
該說不愧是烏爾莎同學和阿爾弗雷德同學他們的老家嗎？畢竟他們在學園裡做的料理也很好吃嘛。
只不過，我的座位……由於我被視為訪客，所以坐在烏爾莎同學他們的父親旁邊。
眼前是吸血公主與殲滅天使，旁邊是魔王大人。
…………
無法放鬆。所以我決定專心吃飯。
本來該配合周圍的速度吃……但我沒有餘力去看周圍的狀況。
要是仔細觀察周圍，就沒食欲了。畢竟還有龍在。
但是，我犯了錯。

由於我從小受到的教育就是要儘快吃完，所以我吃飯的速度很快，相當引人注目。該反省。
咦？啊，不，我並不是在大家庭長大……再來一碗，謝謝。我不挑食！已經克服了紅蘿蔔！
魔王大人分了一部分餐點給我。我到底在幹什麼啊？

閒話　伊絲莉　融入

人類是容易習慣的生物。
蜘蛛魔物……儘管我知道牠們是惡魔蜘蛛的幼生體，但我已經不怕了。
蜘蛛們只是在宅邸裡做自己的工作而已。牠們告訴我，雖然牠們的主要任務是警備與護衛，打點服裝也是重點工作之一。
所以才在我的衣服上刺繡？誰繡的？
其中一隻蜘蛛魔物尷尬地舉起一隻腳。原來是你啊？刺繡是沒關係，但是麻煩先和我說一聲。這件好歹也是內褲。
而且，用白絲在白底布料上刺繡，實在太奢侈了。啊，不要沮喪。刺繡刺得很漂亮。而且，你還幫我遮掩了原本的破洞對吧？謝謝你。呵呵呵。

不止蜘蛛魔物，地獄狼們也要工作。

即使在這麼寒冷的時節，牠們依然要進森林打獵。偶爾還會獵到比自己更大的獵物，真厲害。

雖然搬運似乎很辛苦。啊，我來幫忙。好重……

順帶一提，並不是每一隻地獄狼都在工作，也有些個體待在宅邸中比較溫暖的地方無所事事。

不管什麼團體，都會有那種個體呢。我所屬的組織也有。你們啊，不可以變成那樣喔。

…………宅邸一角，有個宴會團體。

我決定當作沒看見。對，不能靠近。

在古隆蒂女士的介紹下，我和村裡的孩子們混熟了。

娜特小姐似乎是孩子們的首領，她對於烏爾莎同學、阿爾弗雷德同學與蒂潔爾同學都能毫無顧忌地給指示，看來不會錯。

換句話說，只要打倒她，我就是首領——我懷著這樣的心態向她挑戰保齡球。

雖然也有尺寸稍微小一點的迷你保齡球，大的比較合我的性子。

上頭雕有殺人鬼和縱火狂等種種壞蛋的球瓶，還是大一點比較有震撼力。

…………不好意思，能不能將殺手球瓶換成別的？還有，殺手不會穿得那麼容易辨認喔。

儘管我知道保齡球瓶在設計上必須一目了然就是了。烏爾莎同學，只瞄準殺人鬼不太好喔。這是個要把所有球瓶都擊倒的遊戲喔。

雖然保齡球輸給娜特小姐，換成丟飛刀就是我贏了。呵呵呵。

丟飛刀可是我拿手好戲中的拿手好戲。孩子們的讚美實在令人心曠神怡。

那個，不好意思。這幾位精靈和矮人是？要和我較量丟飛刀嗎？

呵！就讓大家見識一下我的真本事吧。

……我學到什麼叫做人外有人。

我決定相信，我還有進步空間。從今天起，我會努力加把勁練習保齡球和飛刀。

我已經將重要人物的情報記在腦袋裡。

畢莉卡・溫埃普。

……這位是劍聖大人對吧？那位下落不明的劍聖？為什麼會在這裡？

啊，不，我只是個普通人。呃、呃……一起訓練？這、這是我的榮幸。

由於天氣寒冷，所以我們利用宅邸中比較寬敞的地方訓練。聚集了不少人呢。

那個獸人就是武神格魯夫大人？我聽說過他的傳聞……好強。

然後，正在和那位格魯夫大人較量的則是蜥蜴人達尬先生。達尬先生贏的次數比較多呢。

精靈也很強。原本提起精靈只會想到弓，但是她們連劍、小刀，以及格鬥都行呢。

至於半人蛇族的……我聽說，半人蛇族一個人就能對付數百名士兵耶？可是她很普通地輸給了穿著管家服的惡魔族。

嗯～人外有人。不能狂妄自大。

話說回來，畢莉卡大人。

您對上我以外的人都輸了……那個，看您被他們耍得團團轉，是因為同時在做什麼背重物之類的特殊修行嗎？沒有？這樣啊。

………………

與魔王國為敵是個錯誤吧？回到學園之後，這件事必須確實報告上去。

我被在宅邸一角開宴會的團體逮到了。

麻將？我不太清楚規則……好、好的，我馬上學。

呃……

「和，斷么平、一盃口，寶牌兩張。」

「唔唔唔！」

抓到正面的大叔放銃，於是我順利領先到結束。

呵呵呵，麻將真是有趣的遊戲。

話說回來，我背後越堆越高的金幣是怎麼回事？這種遊戲的慣例是中銅幣吧？就算大貴族也只會用到銀幣喔。

拜託停止什麼金山權利和稀有金屬採礦權之類的恐怖話題。我、我才不會輸給盤外戰術！

我變成有錢人了。

…………

因為很恐怖，所以我丟給烏爾莎同學的爸爸。

我生活至今，從來沒見過什麼金幣，連銀幣都難得一見。這樣的我，金幣居然多到要用桶子裝……會死人啊。

不、不過嘛，我還是藏了一枚啦。

烏爾莎同學的爸爸，興趣好像是雕刻。

與其說是興趣，不如說是本業吧？實在雕得太漂亮了。特別是神像，能讓人感受到某種不同凡響的氣息。

話說回來，這位幫忙解說神像的人是誰呀？我好像曾經見過……應該不是科林教的大人物吧？因為那種人不可能出現在這裡。

對方只是笑了笑，沒有回答。

這裡也有我認得的人。

聖女瑟蕾絲。

以前，我曾經參與誘拐她的行動。

那時候，由於都是女性，所以有數個月是我負責照顧她，和她一起生活。

所以我明白。她看見我之後踩的步法，是戰鬥態勢。

於是我做出回應。

對方雖然是空手，但我沒跟她客氣，直接拿出小刀。應該沒人會說我卑鄙吧。小刀不止一把，而是兩把。我不會殺她，只是要告訴她誰比較厲害。

咦？好、好快！我的小刀碰不到，怎麼可能。而且，動作不像以前都是直線，虛招也用得很精妙。

注意到時，她的勾拳已經打中我的側腹……只打中一下還撐得住，但居然連續三下？糟糕，直拳要往臉招呼了，防禦……直拳打中我的胃。

我口噴胃液，就此倒地不起。

「別提以前的事。」

瑟蕾絲這麼說完，就把我帶回房間了。

瑟蕾絲……不，瑟蕾絲小姐。提要求之前，不要先動手打人會比較好。

還有，幫忙清理地板的烏爾莎同學爸爸，對不起。啊，瑟蕾絲小姐。不要把我放在床上，放到床底下。那裡比較能讓人安心。

閒話　伊絲莉　大意

烏爾莎同學找我去泡溫泉。

我不太清楚什麼是溫泉，只有聽說好像是戶外的大澡堂。來到這個村子後，我已經泡過好幾次澡，所以很感興趣。於是我答應去溫泉。

太大意了。完全是我的疏忽。

包含我和烏爾莎同學在內的十來個人，透過克洛姆伯爵的傳送魔法來到溫泉。

這裡的建築比想像中來得堅固，讓我有點驚訝，但想起村裡的宅邸後，也就沒什麼好大驚小怪了。

一位名叫優兒的女性出來迎接我們，不過我比較在意跟在她後面出來的那具大型木造兵器。那是什麼啊？

是透過優兒小姐的魔法移動？原來如此。連名字都取了呢。

呃……只不過踏進建築物裡，優兒小姐就流著淚捨不得和木造兵器分別？不，我想以尺寸來說那具木造兵器沒辦法進屋子裡。

精靈姊姊們說最好別在意，所以我決定不管她。

溫泉。

比我想像得還要寬敞個一百倍吧，好大。

這裡全都是熱水？光是女湯就這麼寬敞？真厲害。

不同地方的溫度不一樣是吧。知道了，我會留心。

啊，深度也不一樣？咦？深度十公尺？要在這裡造船嗎？龍用……這樣啊。

不管怎麼說，這是溫泉。

我要泡。雖然不久前讓同性看見裸體，還會覺得不好意思，但我已經透過宅邸的澡堂習慣了。

泡澡要全裸，溫泉也要全裸。這是文化。

…………

烏爾莎同學，那是什麼？入浴衣，泡溫泉時穿的衣服？

原來如此、原來如此。

的確，畢竟是在戶外嘛，有可能不小心被異性看見。身為淑女應該有所提防吧。

…………

麻煩也給我一件入浴衣。

重新來過，這是溫泉。

首先潑些水到身上，把身體洗乾淨。這是理所當然的嘛。

正當我把有些熱的水往身上潑時，感覺到背後有動靜。有人惡作劇嗎？

不是。

有獅子。好大，差不多有三公尺。那是成年的獅子……獅子魔獸。

有鬃毛，所以應該是公的吧。這裡可是女湯喔。

我在思考這些的同時，還感到十分焦慮。

因為這隻獅子魔獸正在威嚇我。同時我發現一件事。現在的我，並沒有帶武器。太大意了。

無論如何，必須拉開距離逃跑才行。

回到建築物裡就有小刀。雖然有小刀大概也贏不了……但是不能任對方宰割。就算輸，也要奪走對方一隻眼睛或一隻腳。

…………

就在我下定決心要採取行動時，一隻沒有鬃毛的成年獅子魔獸現身。

看來是獅子魔獸的增援。好奸詐。

我放棄抵抗，全力逃跑。

雖說是魔獸，但獅子就是獅子。獅子的瞬間爆發力很強，卻撐不久。

如果我全力狂奔，應該逃得掉。希望逃得掉。

雖然我這麼想……這些獅子魔獸飛起來了。好奸詐。

我突然想到，戈爾繕王國的研究機關曾經有過奇美拉計畫。

以前我去參觀過。我記得，目的是讓以獅子為基底的生物得到飛行能力。

該不會，就是當時的獅子？牠們記得當年的事，所以威嚇我？我只是去參觀，什麼都沒做耶。

更何況，我去參觀已經是七～八年前的事了，未免太執著了吧。

不，不對。和那時候相比，我的模樣應該也變了很多，牠們居然認得出我？

該不會，我的外表毫無改變……不，我的胸部和臀部都有發育。沒錯，應該都有發育才對。

……逃避現實也沒用。我在森林裡被兩隻獅子魔獸追著跑。

我真的只是參觀，什麼事都沒做啊。

不，應該有餵過獅子。沒錯。

明明說了是帶我去參觀，結果卻要我打雜。打掃你們房間的也是我……不記得了嗎？如果記得，希望你們原諒我……

說這些話的同時，我一直在找空隙逃跑，但是完全沒有。我要死在這裡了嗎？

不，結果沒事。

獅子魔獸大概還記得我照顧過牠們吧。看見我害怕的模樣後，兩隻獅子滿意地停止威嚇。

……

你們以前的確會這樣呢。真令人懷念。

啊，慢著。別把我留在森林裡。我身上只穿著入浴衣。

我和兩頭獅子魔獸回到溫泉。

謝謝你們帶路，路上我想起了很多事。

公的獅子魔獸名字叫拉夏爾，母的名字叫達瑪蒂對吧。名字是我取的。因為覺得叫二十一號和二十二號很沒意思。

雖然牠們在這裡或許是用別的名字……你們還記得啊？真開心。雖然我大概沒立場講這種話，看見你們這麼有精神真是太好了。

……

連孩子都有啦？

如果可以，能不能別讓孩子們威嚇我？孩子們應該完全不認識我才對。

好啦，所以我還沒泡到溫泉。
森林裡很冷，我想趕快讓身體暖和一點。
可是，必須先向因為我突然跑進森林而擔心的人們道歉。
抱歉，烏爾莎同學、精靈姊姊們、優兒小姐，還有……
我真的太大意了。
我是殺手。卻也因此而拿某些東西沒轍。
那就是死不了的對手——不死系。
…………
非常抱歉，我說謊了。
和我是殺手無關，單純是我個人從以前就怕不死系！
我看見三名死靈騎士昏了過去。

結果，我沒泡到溫泉就回村子了。
身子很冷，所以我不停發抖。不是因為害怕而發抖喔。
我在宅邸的澡堂裡取回溫暖。嗯，有宅邸的澡堂，我就滿足了。

對，我輸不起。

閒話　不想引人注目的菈裘

我的名字叫菈裘，是弱小貴族的女兒，也是加爾加魯德貴族學園的學生之一。

所以，我行動時盡可能避免引人注目。

問我為什麼？為了防止被大貴族的子女看上。

雖說被大貴族的子女看上不盡然是壞事，考慮到對方一個念頭就能讓我家垮臺，還是別靠近最好。

要是不小心認識，在畢業之前都得為了別讓對方討厭而小心翼翼也很累。

既然如此，為什麼還要進入聚集許多大貴族子女的貴族學園就讀？或許有人想問，進更適合的學園不就好了嗎？答案很單純，是因為雙親的期待。

沒錯，家父家母期待我與大貴族子女成為知交，為家族繁榮貢獻一份力量。

為此，他們不惜向遠親低頭借了不少錢以籌備入學金，將我送進這所加爾加魯德貴族學園。他們想必還認為，如果順利，甚至能被大貴族的兒子看中嫁過去。

幸好，我還算會念書。魔力量雖然並不怎麼特別，容貌以客觀角度來說屬於上中或上下的水準，算是不太差的選擇。

然而，我不認為自己嫁進大貴族家裡之後能撐得下去！

做不到。絕對不行。我家雖然以貴族自居，也就和比較富裕的村長差不多，甚至會為了吃飯而煩惱。我完全不覺得自己在那些一堆規矩禮儀的大貴族家裡能撐下去！

所以，我一點也不想主動接近大貴族的兒子。

假如想把我嫁出去，靠父親大人的力量為我安排相親就好。嗯，我明白。身為區區弱小貴族的父親大人，能安排的相親對象也只會是弱小貴族，這麼一來生活不會有什麼改變。

父母想把我賣得好一點的心情，我完全能夠理解。雖然能理解，卻無法遵從。

雖然很對不起父母，但我打算低調、安穩地從學園畢業。

我的決心不變。

好啦，這所加爾加魯德貴族學園雖然有許多魔王國的貴族子弟入學，非注意不可的大貴族子女人數並不多。

站在這些大貴族子女頂點的，是阿爾弗雷德公子、烏爾莎小姐，以及蒂潔爾小姐這三位。

這件事，我也是最近才知道。

因為阿爾弗雷德公子、烏爾莎小姐，以及蒂潔爾小姐並不是貴族。他們是平民。

縱然也有人說，他們的地位相當於伯爵家當家或子爵家當家，卻沒幾個學生相信。畢竟他們向來光明正大地宣稱自己是「村長的孩子」。

人再怎麼謙虛，也不會貶低自己父親的工作；應該說不能這樣。所以，想來他們三人的父親真的就是「村長」吧。

但是，他們三人是加爾加魯德貴族學園最大派閥的領袖。

從這裡能推測到……應該是大貴族的親戚，基於某種理由而擔任村長……吧？嗯，大概就是這種感覺吧。

所以不能大意。不能和那三人扯上關係。

我這麼下定決心，安分地當個學園裡的學生。

話是這麼說，要在這所學園裡不引人注目，該怎麼做才對呢？

答案很簡單，別採取會引人注目的行動就好。

好比說，和周圍不一樣的行動。假設有一百人，其中九十人採取同樣的行動，那麼採取不同行動的十人會變得很顯眼吧？就是這麼回事。

所以，我主要修習那些受歡迎的課程，上課以外的行動也配合周圍。

如此一來會怎麼樣呢……

「菈袞，早安。先前拜託妳調查子爵派閥的結果怎麼樣了？」

「蒂潔爾小姐，早安。雖然我已經對子爵派閥做過一番調查，卻沒有值得報告的情報。」

「這樣啊？既然菈袞妳調查的結果如此，那就代表沒有問題吧。我會向魔王大叔報告，麻煩菈袞妳繼續調查下一個對象。」

「了解。」

不知不覺間，我成了蒂潔爾小姐的親信。

…………

我完全不曉得發生了什麼事。

單純是被蒂潔爾小姐看上了。我先前明明那麼注意。

「我一直希望能在學園裡找到幾個優秀人才呢～有菈袞在，真是幫了大忙。」

哈哈哈，我沒那麼優秀啦～

既然被蒂潔爾小姐看上，也只能認命。看樣子能幹，帶來了反效果。這就是所謂的錐處囊中。

扯上關係之後，我決定改變方針，必須好好努力，以免表現太差被盯上。

更何況，蒂潔爾小姐會給酬勞，每天三餐也都很美味。

反正阿爾弗雷德公子、烏爾莎小姐與蒂潔爾小姐也不喜歡惹麻煩嘛。

希望可以就這樣平穩地過下去。

話說回來，有些在學園餐廳吃飯的人會吃剩。不是因為身體不適或者體質因素無法入口，而是挑食。真浪費。

魔王國截至不久前，都還有糧食危機，所以挑食吃剩不是什麼值得嘉許的行為。我看見這種行為時，也會皺眉。
只不過，進學園就讀的學生多是貴族子弟，所以應該也有些嬌生慣養的沒改掉挑食毛病就來學園。
可是，這種人有逐漸減少的傾向。
因為阿爾弗雷德公子、烏爾莎小姐與蒂潔爾小姐告訴大家不該挑食。
同派閥的人不用說，不想被他們盯上的人也會努力把討厭的東西吃掉。
現在應該已經沒什麼人挑食了吧。
我原本這麼以為，然而就在某一天中午。
出現一個挑食的女學生。居然會有這種事。而且，平常不會待在餐廳吃午餐的阿爾弗雷德公子、烏爾莎小姐與蒂潔爾小姐，正好在附近。
我拚命地暗示那個女學生，但她沒看懂。這也是理所當然嘛。畢竟我今天才知道有這麼一個人。女學生想來也看不懂別人給她的暗示。
所以來不及。
烏爾莎小姐使出一記漂亮的飛踢，看起來就很痛。
然後，女學生就這麼被架住。我起先不曉得架住她要做什麼，仔細一看才發現阿爾弗雷德公子用叉子叉起她剩下的食物走過去。看來是要強迫她吃掉。想來挑食對他們而言，就是該這麼處置的重罪吧。
女學生剩下的……啊～好像是紅蘿蔔。紅蘿蔔被塞進女學生嘴裡。
雖然有點霸道，但是不可以糟蹋食物。何況這樣也會對不起餐廳的廚師。

但是為了避免這件事留下不良影響，我還是去找那個被塞紅蘿蔔的女學生溝通一下，幫忙善後吧。

咦？烏爾莎小姐會善後，所以別出手……？我明白了。

用不著我出面當然最好。

不過，姑且還是調查一下那個留下紅蘿蔔的女學生叫什麼名字吧。

畢竟，我幾乎能肯定她會成為我的同事。希望她好好努力。

閒話　努力的菈袞

大家好，我是菈袞。

今天我也會打起精神好好努力。

好啦，我身為學園的學生，必須挑選幾門教師開設的課程修習。

因為不修這些課程，就領不到「畢業證明」嘛。

授與「畢業證明」的條件因教師而異，不過大致上都是考試拿高分、協助教師研究，或是戰鬥贏得勝利就能領到。

要從學園畢業，至少需要三份「畢業證明」。

因此若是以畢業為目標，至少要修習三門課程。
只不過……
「戈爾老師的課今日暫停一次。」
也可能像這樣，碰上教師臨時停課。
所以，想要畢業的學生一般來說少則修五門課，多的會修到十門左右。
我修了七門課。
由於不想引人注目，所以都是修受歡迎的課程。
「席爾老師的課今日暫停一次。」
……
「布隆老師的課今日暫停一次。」
……………
先冷靜下來。這時候要沉著應對。
預定要上的課暫停。換了一門課也暫停。另外一門課還是暫停。
好，既然連續三門課都沒得上，那麼今天就休息。
好好放鬆吧。
我明明這麼想，卻不知為何處理起文書工作。

而且，地點還是在學園內的蒂潔爾小姐家裡，和蒂潔爾小姐一起工作。

不，我並不是討厭蒂潔爾小姐。

只不過，和蒂潔爾小姐待在一起，很有可能需要和大人物打招呼，會讓我精神疲憊。

此時此刻，魔王大人就在蒂潔爾小姐旁邊和她討論某些事。

…………

照理來說，就算是貴族也很難見到魔王大人才對啊？

在蒂潔爾小姐家裡工作的梅托菈小姐為我倒茶。謝謝妳。不過，拜託別把我放在魔王大人之前。先端茶給大人物，可是很基本的喔。魔王大人也別說什麼無妨，這時候您應該生氣。咦？魔王大人和蒂潔爾小姐算是自己人？真的嗎？然而蒂潔爾小姐說不是……雖然沒有血緣關係，不過幾乎算是自己人？所以，我身為蒂潔爾小姐的朋友在這個場合，應該先把茶端給我？原來如此、原來如此。

怎麼可能接受啊！

但是，我不能違抗。魔王大人說得都對。啊，收到一封給梅托菈小姐的信了喔。來，這裡。署名是托席菈。是梅托菈小姐的家人嗎？妹妹？真好～我沒有姊妹，所以很羨慕。

阿薩先生，將這些文件放到指定地點。這些記載有誤，要退回。

蒂潔爾小姐處理的文件都有規定的形式，所以簡單易懂。

不需要解讀文章，只要按照形式書寫就能提交，因此省了不少力氣。以前都要考慮彼此的立場，還得先問候再進正題，十分麻煩。

聽說這種形式是蒂潔爾小姐帶進來的，真的嗎？

「不是我喔。這些全都是爸爸教的。」

蒂潔爾小姐的父親嗎？這樣啊。

蒂潔爾小姐好像很崇拜父親，有把父親事蹟誇大的傾向。

所以她說的話，我都只聽一半。

畢竟要是將蒂潔爾小姐說的照單全收，那麼蒂潔爾小姐的父親地位就會比魔王大人還要高。

雖然就算只聽一半，也還是有些難以置信的部分。

舉例來說，在死亡森林裡單獨生活數年啦，和地獄狼、惡魔蜘蛛是一家人啦。

太誇張了。但是我沒有指正她，只有婉轉地引導她儘量別在公眾場合說出來。不過嘛，像這種只有自己人……可以算是自己人嗎？應該可以吧。只有自己人的場合，我就不會多嘴。

所以蒂潔爾小姐對她父親的吹噓也格外起勁。

「爸爸不但打倒了龍族，還把她娶回家當老婆喔。」

…………

這太過分了，誰會相信啊？

「啊，妳不信是吧？烏爾姊的媽媽就是龍族喔。」

搬出烏爾莎小姐的名字增加說服力，這招實在不簡單……魔王大人不用幫腔沒關係，我全都明白。

話說回來，魔王大人。這些不是和國政有關的文件嗎？麻煩您別把它們混進來。您說您的方針是能者多勞……這些內容不該讓弱小貴族的女兒看見吧？我可不想被處理掉喔。

咦？我將來要進王城工作？未來的四天王候選人？您真會開玩笑。

光是能跟上蒂潔爾小姐就夠厲害了？這評價實在讓人高興不起來。

還有，這份給我的邀請函是怎麼回事？我還是學生喔。請別叫我參加王城的派對。不可以。那天學園有事。對，人家拜託我整理倉庫……無論如何都要我參加的話，請聯繫學園長。

呼，不過搬出學園長就退縮，看來魔王大人也不是認真的。真是的，魔王大人或許愛開玩笑，但是麻煩別把弱小貴族的女兒扯進去。

嗯？訪客是嗎？閣下隨隨便便就走進來，但是魔王大人就在這裡喔。做好心理準備了嗎？

……訪客是學園長。

咦？魔王夫人？咦？

「我還以為很多人都知道這件事呢。」

魔王害羞地這麼說，但是我完全不曉得。

不、不，傳聞曾經聽說過……確實學園長並未否認這個傳聞。可是，也沒表示過肯定吧？

「因為我向來公私分明。」

身為學園長能做到這點，確實很令人敬佩。

所以，公私分明的學園長為什麼會造訪學生的家？因為這裡的飯好吃？確實好吃，但是因為這樣就跑來……不，這不是有沒有付錢的問題……因為是魔王夫人，所以等於是自己人？算了，這樣就夠了。

我放棄抵抗。

待在這裡好累，還是趕快解決文書工作，回自己房間吧。

不，飯還是要吃。

魔王大人，您的手停下來嘍。學園長，別向魔王大人撒嬌。

蒂潔爾小姐，阿薩先生和厄斯先生在哪裡？我有些事想請他們幫忙。兩個人都外出工作？他們兩位的工作明明是護衛蒂潔爾小姐，不待在您身邊行嗎？咦？不是？不是護衛？不然是什麼？啊，不，算了。我沒有要打聽的意思。

既然不在就沒辦法，靠現有的人努力吧。

學園長，可以期待您吧？啊，葛拉茲將軍，您來得正好。

我的名字叫菈袞，是弱小貴族的女兒，加爾加魯德貴族學園的學生之一。

雖然不想引人注目，最近魔王大人和諸位四天王常來找我，令我很煩惱。

閒話 大型派閥

我出身於魔王國某個中堅貴族家庭。因為是次子，所以雙親儘管對我沒有什麼期待，依舊讓我進入加爾加魯德貴族學園就讀。

我的名字？不用在意。嗯，我希望能匿名。

好啦，說到加爾加魯德貴族學園就是派閥，而我屬於最大派閥。

問為什麼？因為最大等於最強。

而且，從學園畢業之後，所屬派閥就會成為人脈，應該能對事業有所幫助。即使加入小型派閥，也沒有什麼好處。

當然，參加大型派閥有缺點。

從個人角度看來，因為人多，如果不採取一些引人注目的行動，很難讓派閥相關人士記住自己的長相，也很難分到能累積功勞的任務；另外，派閥內容易形成小派閥，人際關係會變得複雜而難以處理。

以派閥角度看來，人多產生的問題就多。對外需要保護的目標比較多，而且無法避免和其他派閥發生摩擦。此外，教師們自然會用比較嚴格的標準看待，屬於該派閥的學生會更需要遵守紀律。

儘管試著例舉上述這些大型派閥的缺點，我所屬的大型派閥，在這方面的缺點並不大，反倒是大型派閥應有的優點變小……咦？好像也沒有耶。為什麼？其實我一清二楚。因為派閥領袖阿爾弗雷德公子很優秀。

首先，個人角度的缺點之一——很難讓別人記住自己的長相，但是派閥領袖認得我，工作也會確實地分派給我。只有我嗎？不，不是。派閥領袖連那些不起眼的弱小貴族子弟也都認得。我想，他應該認得出派閥的每一個成員吧。不愧是最大派閥的領袖！

再來，我們派閥內確實有小型派閥，但純粹是指揮系統不一樣，彼此之間不會產生衝突，人際關係也良好。這也是因為派閥領袖很可靠！

派閥角度的缺點，人多問題多。雖然我們派閥確實也有，但是問題都能迅速解決。領袖解決問題的能力強得令人害怕！

縱使和其他派閥之間有摩擦，力量差距已經大到不需要介意這點。不愧是最大派閥！

至於教師們的目光……我們派閥裡連教師都有，或者該說，本來就是繼承自那些教師在學生時代建立的派閥，所以毫無問題。

當然，教師在旁邊就會要求遵守紀律，然而我們派閥內的教師對這方面的要求很寬鬆。不，嚴格的地方還是有，但他們都有商量的餘地，不會讓人覺得難受。

太厲害啦！不愧是最大派閥！我一點也不後悔選擇這個派閥！

雖然不後悔，還是有些令我困擾的地方。

嗯，和派閥大小無關，而是我所屬的派閥才會碰上這種問題。

那就是我們的派閥有很多個名稱。

「阿爾弗雷德公子的派閥」、「烏爾莎小姐的鍛鍊場」、「蒂潔爾小姐的遊樂場」、「戈爾老師的實驗室」、「席爾老師的祕密基地」、「布隆老師的安居之地」、「餐會」、「農村生活」、「與土同在」、「農業生活社」、「這個才是本業」、「山羊很努力」，以及「暖桌騎士團」等。

這還只是一部分。

然後，目前最有名的是「餐會」。我實在不太想拿這個當派閥名稱，所以支持「農村生活」。可能有人認為該選擇有人名的那幾個，不過還請想一想。

一般來說，派閥領袖的名字會直接成為派閥名稱。有時領袖會發揮獨特的品味取些像「岩鬼騎士團」或「紫陽花之冠」一類的名稱，但是大家很少使用這種稱呼。

換句話說，派閥領袖的名字會直接成為派閥名，所以應該叫「阿爾弗雷德公子的派閥」……然而並非如此。

為什麼？

因為阿爾弗雷德公子一開始將派閥命名為「漆黑的樂園」。

雖說身為派閥的一員不該有異議，但是派閥的第二號人物烏爾莎小姐和第三號人物蒂潔爾小姐堅決反對。因為她們說，將來絕對會後悔。這是怎麼回事？我覺得這個名稱不壞啊？

然而沒人考慮我的疑問，大家為派閥名稱爭論了一段時間，所以「阿爾弗雷德公子的派閥」沒有什麼知名度，「漆黑的樂園」又遭到烏爾莎小姐和蒂潔爾小姐否決，導致派閥名亂成一團。

嗯，其實是因為——大家覺得叫「阿爾弗雷德公子的派閥」會被阿爾弗雷德公子盯上，但是改叫「漆黑的樂園」又會被烏爾莎小姐和蒂潔爾小姐盯上。

順帶一提，烏爾莎小姐是阿爾弗雷德公子的姊姊，蒂潔爾小姐則是阿爾弗雷德公子的妹妹。據說戈爾老師、席爾老師與布隆老師他們三人，雖然是將派閥讓給阿爾弗雷德公子的教師，實際上他們效忠阿爾弗雷德公子的父親，身分相當於阿爾弗雷德公子的義兄。

嗯，徹頭徹尾的親友團。因此，就算吵架也不會出現致命性的分裂。

阿爾弗雷德公子當然不用多說，至於烏爾莎小姐和蒂潔爾小姐則有最終奧義——「向爸爸報告」。

阿爾弗雷德公子、烏爾莎小姐以及蒂潔爾小姐，三人的感情很好。

不過嘛，雖然派閥名有些小麻煩，卻也不是什麼致命的問題，頂多讓人苦笑。

「差不多要吃晚餐嘍～」

蒂潔爾小姐的心腹菈裘，對我們這麼喊道。

這個派閥最大的好處，大概就是會供餐吧。其他派閥不會這樣。

而且，這裡的食物和尋常食物不同，很好吃。好吃得沒有道理。甚至有人公開宣稱，他們是為了吃飯，所以才加入派閥。

我雖然不是被食物釣進來，卻也很享受這裡的美食。

當然，吃了人家的飯就必須幫人家工作，但他們不會做些無理的要求。

像是農活、支解獵物之類的，這些我在老家就常做，算不上辛苦。

唉呀，要吃飯了，必須趕快把身體清洗乾淨才行。阿爾弗雷德公子他們在這方面的要求很嚴格。

不過嘛，還在常識的範圍之內。

嗯，果然很好吃。

於是我在想。

隸屬於最大派閥的安心感、適當的工作，又能吃到好吃的飯，已經夠了吧。

所以，我沒打算在派閥內往上爬，打算低調度日。

別引人注目，悠哉地努力吧。

嗯？

究竟為什麼呢？蒂潔爾小姐的心腹菈裘好像在瞪我？我的言行有什麼讓她覺得不順眼的地方嗎？還是多注意吧。

唉呀，被烏爾莎小姐看上的伊絲莉同學，留下紅蘿蔔不可取喔。

妳知道？正為了能把它們吃下去而進行特訓？那就好。不過，不需要特訓啦。因為這裡的紅蘿蔔很好吃，妳吃一口就知道了。

咦？妳問妳明明是新來的，卻被烏爾莎小姐看上，難道不會讓我嫉妒？哈哈哈，和火焰保持適當距離很重要喔。沒抓準可是會灼傷的。雖然這個譬喻不太容易理解，我認為實際上就是這樣，妳牢牢記住吧。雖然可能已經太遲了。

唉呀，別那樣瞪我啦。大家好好相處吧。我期待妳的表現喔。看，烏爾莎小姐正在找妳。別露出奇怪的表情，笑容、笑容。

說完這些話，我便離開現場。

因為烏爾莎小姐來了嘛。距離感很重要。

不過，豎起耳朵還是能蒐集到情報。

啊～下個冬天伊絲莉同學好像要和烏爾莎小姐一起回老家哪。希望她能加油。

至於我……在人家來邀我同行之前，先躲起來吧。

我說過很多次，距離感很重要。我不想燃燒殆盡。

我打算悠哉地努力。

閒話　加特的貢獻

我的名字叫加特。

我是「好林村」村長的兒子，基於種種原因，目前是「大樹村」的居民。

妹妹賽娜擔任「大樹村」的獸人族代表，身為她的哥哥，我感到很驕傲。

為了不輸給妹妹，或者說為了保住身為哥哥的面子，我在「大樹村」努力地從事鍛冶工作。

不，我完全沒打算爬得比妹妹更高。畢竟我和我的家人能夠在這個村子生活，也是因為有妹妹在，我很感謝妹妹。當然，也感謝村長。我的謝意已經無法用言語形容。

感謝要用行動表示。

然而，村長不喜歡勉強和逞強。所以，我能做到的，頂多就是在鍛冶工作上比過去更加努力。

好啦，今天我也為了努力工作而前往鍛冶場。

現在時間是傍晚。事前準備姑且不論，基本上打鐵都在夜間進行，因為晚上火焰看得比較清楚。

另外，也有氣溫的問題。如果氣溫高的白天時段一直待在火焰前面，人會倒下。儘管這麼做或許謹慎過頭，畢竟是用到火的工作，一點小失敗就會引發大意外，所以謹慎再謹慎是應該的。

鍛冶場裡，我的弟子們和來自「好林村」的鍛冶師已經各自開工。

看樣子我是最後一個到的。我明明打算好好努力。

雖然是傍晚，我依舊對大家說了聲「早安」，然後走向自己的作業場。在這個村子的鍛冶場裡，無論當下是什麼時間，剛到時的招呼語一定是「早安」。這不是我決定的。在「好林村」，打招呼向來都很隨便。

決定這樣打招呼的人是村長。由於大家的工作時間各不相同，他提議統一用「早安」，於是我們便接受了。畢竟這也沒什麼好抗拒的，試一下立刻就習慣了。

我抵達自己的工作地點。

弟子之一幫忙顧火，所以火沒問題。水也是弟子新打的，所以很乾淨。打鐵需要的材料鐵礦石，先前已經挑選完畢。沒問題。

今天預定的工作，是打造販賣用的劍。販賣價格約五枚銀幣，因此必須多用點心。加油吧。

我在弟子們的協助下持續打造劍。

看來我工作得相當賣力，太陽已經升起了。

我打了約四把劍。

能當成商品的有三把吧。沒辦法賣的那一把，是交給弟子們打造的結果，不過應該有助於他們的成長吧。

至於弟子們呢，正在和火有段距離的地方睡覺。我想，應該是他們昨天起得比較早吧。畢竟我事先說過，有時間就把劍交給他們打造嘛。或許是我害得他們太興奮了，該稍微反省。

我看向三把要賣的劍。

每把劍連同劍柄和劍鞘賣五枚銀幣，所以三把可以賣十五枚銀幣。考慮材料費和燃料費之後，收益應該是六枚銀幣吧。

呵！

儘管認為打出來的東西都賣得掉有點傲慢，不過村長身邊那些文官少女組應該有辦法做到吧。

我不禁笑了。不是因為有得賺，而是因為自己的想法有所改變。

剛來村子時，村長他們要的是能在村裡派上用場的東西，而且容許我照自己的喜好打造。然而，當我做出來的東西在村裡普及之後，要的就是能夠賣到外面的東西了。

我起先還是一樣照喜好打造，價格交給文官少女組決定，卻被訓了一頓，說這樣會讓她們很為難。她們要我工作時好好計算材料費和燃料費，將製造所花的費用考慮進去。

我以前從來沒想過這些。不，並不是完全沒想過，只是全憑感覺罷了。

這樣大概不行吧。但是……老實說好難。呃，我知道非做不可啦……就在我煩惱時，文官少女組找了我的太太和女兒過來幫忙。然後，還請村長夫人露大人當援軍。

這是露大人問的：

「假設材料費和燃料費都不限制，讓你傾注一身技術打造出傑作……你打算把價格訂多少？至少不會比花掉的材料費和燃料費便宜對吧？這樣賣得掉嗎？」

賣得掉吧。想要好東西的人到處都有。

「確實，我想總有一天能賣掉。不過，那是幾年以後的事？一百年後？還是兩百年後？商品放著不動，也是一筆花費喔。」

唔……

「用村裡的錢做出沒人買的飾品，就是你的工作嗎？」

這句話真是不留情面。

不過，這正是我在做的事，我承認。不能讓錯誤繼續下去。

我欠了村長還也還不清的恩情，必須對村子有所貢獻。

於是我修正自己的想法。

「對了、對了，如果能順便連市場需求一併考慮進去就更好了。做得到吧？畢竟你之前都知道村裡缺什麼嘛。接下來只要做那些市場上缺乏的東西就行了。」

她點出問題所在，那就是不能只做自己想做的東西。

這是理所當然的。我不是藝術家，而是鍛冶師。必須做人家需要的東西。

可是，這種事並沒有簡單到人家講了就改得掉，所以我不時會和文官少女組商量，逐步修正問題。

於是，到了現在。

我工作時已經會考慮收益了。

不但曉得要把籌備材料所花的勞力和費用納入材料費裡，也會把準備時間計入成本。

失敗那把劍的成本也要計入這三把劍的帳上，因此收益會減少一些；不過放到整個月來看，所占的比例很小，所以還在容許範圍內。如果超出容許範圍，我就不會交給弟子們打造了。雖然說是教育費用，村長大概就不會介意，每次都靠村長的寬宏大量，也很丟臉嘛。

我工作所賺的錢，不會到我手邊，全都會交給村長。畢竟在這個村子裡，根本不需要什麼錢也能過日子嘛。感謝村長。

然而，村子需要錢，所以可以想成今天或這次的工作，我為村子賺進六枚銀幣。這就是我對村子的貢獻。

對了，雖然計算了材料費和燃料費，負擔這些費用的並不是我，而是村子。想來也是因為這樣，露大人和文官少女組才會來提醒我吧。

一想到這裡，就讓我覺得很不好意思。

嗯？睡覺的弟子們醒了。

差不多到了早飯時間，我正打算叫他們起來，所以算是剛剛好。

「加特師父，我們打造的劍……」

我知道。劍柄和劍鞘我明天幫你們做，拿回去擺吧。

「太好啦～！」

不過嘛，一年後他們大概就會對自己的水準不足感到難為情，然後拜託我把劍藏起來吧。我當年也是這樣。

唉呀，再不去吃早餐就要挨罵了。順便叫上其他人吧。記得安排人顧火喔。

「知道了～！」

鍛冶場的火點燃之後會讓它持續燒一段時間，所以不能所有人都去吃飯。

這部分是個問題呢。能不能靠魔法道具解決啊？

大概要怪我分心想這些吧，最後負責顧火的是我。

「抱歉，師父。」

沒關係，趕快吃完回來換班。

「是～」

我決定在有人回來之前，一邊顧火一邊思考下次要做什麼商品。

為了盡可能幫上村子的忙。

異世界悠閒農家

Farming life in another world.

Chapter,3

Presented by
Kinosuke Naito
Illustration by
Yasumo

〔第三章〕

短距離傳送門

01.加爾加魯德魔王國領　02.北方大陸　03.加雷特王國　04.加魯巴爾特王國　05.戰線
06.加爾加魯特魔王國　07.王都　08.死亡森林　09.大樹村　10.德萊姆的巢穴　11.鐵之森林
12.夏沙多市鎮　13.福爾哈魯特王國　14.南方大陸

1 魔王的計畫

紙包漢堡排。

理想是用鋁箔紙包，不過沒那種東西，所以村裡是用和紙。為了開發不會吸太多漢堡排肉汁的和紙，「一號村」的居民們十分努力。多虧他們，才能做出美味的紙包漢堡排。

這種紙包漢堡排，特別受孩子們歡迎。味道當然也是原因之一，不過重點似乎在於用紙包住。

紙包漢堡排在晚餐時端上桌，孩子們歡聲雷動。

聽到歡呼聲，做菜的鬼人族女僕們都展露笑容。大人們也沒人對紙包漢堡排有意見。

可是，事件發生了。

打開紙包漢堡排外面那層紙的時候，雖然不至於被蒸汽燙傷，還是有可能讓人覺得很燙。

考慮到這一點的萊美蓮，替火一郎撕開他的紙包漢堡排。

「哪裡算得上事件啊？」

當時在打麻將，所以沒來吃晚餐的德斯這麼問，於是我回答：

「他好像想要自己動手。」

現在，火一郎窩在房間裡鬧脾氣，萊美蓮在房門外不斷道歉，古拉兒則擔心地在旁邊看。

「幫他做一份新的不就好了嗎？」

德斯的解決方案應該有效。

可是，我們不能這麼做。

「為了那種小事就鬧脾氣的孩子，不必讓他吃。」

因為哈克蓮這麼說。

確實，擅自撕開的萊美蓮固然有錯，但火一郎應該也曉得萊美蓮沒有惡意。

即使如此還是要鬧脾氣……嗯～

「不是單純因為母親只顧肚子裡的孩子而嫉妒嗎？」

聽到烏爾莎的朋友伊絲莉這麼說，我才頓時驚覺。

萊美蓮常來照顧火一郎，因此容易讓人忘了他的母親其實是哈克蓮。哈克蓮也沒有不管火一郎，但是懷孕後她顧火一郎的時間就變少了。

…………

這時候應該就輪到我這個父親出馬了。

德斯攔住我，表示最好不要。咦？我在這方面居然讓人覺得靠不住？真意外。我明明還算受孩子們歡迎啊……

不是這樣？喔，似乎是哈克蓮去火一郎的房間了。

嗯，就交給她吧。

以結果來說，火一郎的氣消了。不愧是母親。

然後，隔天的晚餐也是紙包漢堡排。做這道菜用的紙很貴重耶……

「村長，有些關於『五號村』的事想和你商量。」

聽到陽子這麼說，窩在暖桌裡的我切換為工作模式。

陽子要商量的事，與「五號村」正在推動的造紙有關。先前從「一號村」找了會造紙的人過去，因此「五號村」也開始生產紙張……但是紙的產量沒有提昇。

調查原因之後，才發現「五號村」似乎不適合造紙。

造紙需要大量乾淨的水，但是水好像不夠。原來如此。

那麼該怎麼辦呢？陽子認為，不如放棄讓「五號村」生產紙張，改為把造紙技術推廣到周邊村子。

她希望我能許可。這是無妨，不過有條件。

「條件？我打算將那些造出來的紙全部買斷耶？」

買斷？要全部買下來？

「為了讓紙價保持穩定，我認為這是必要措施。」

嗯，確實……盡可能用高價收購喔。

「價格就看紙的品質吧。假如標準放得太低，技術就不會進步。」
唔嗯……
「所以說，條件是？」
對了，條件是造林。造紙除了乾淨的水之外，還需要用樹木當原料對吧？
我希望把條件訂為「砍多少棵樹，就要種多少棵樹」。
「村長以前常掛在嘴邊的破壞自然嗎……雖然我覺得樹這種東西，砍再多都不成問題……」
雜草或許是這樣，但是樹長大需要時間。要是因為傳授技術而產生大量光禿禿的山頭可就不好了。
「倒也不是不可能。明白了，那就在推動時納入這個條件吧。」
交給妳了。

陽子離開後，窩在暖桌裡的小貓們探出頭來。
艾利爾、哈尼爾、賽路爾、薩麥爾…………貓姊姊們待在老虎背上，所以妳們能獨占暖桌是吧。
可是，不可以一直待在裡面喔。必須定期換氣才行。
就在我幫暖桌裡面換氣時，魔王來了。艾利爾牠們都湊到魔王那裡。唔姆姆姆。
「村長，可以占用你一點時間嗎？」
魔王也要談工作的事。
什麼事啊？咦？露也要參加？

露和魔王要講的很簡單，卻讓我嚇了一跳。
露完成傳送門了。好厲害啊！
「出於材料因素，所以量產有困難。不過就算是這樣，數量還是夠配合魔王的計畫。」
魔王的計畫？數量？
「用傳送門連通魔王國的王都和『夏沙多市鎮』。」
…………
假如王都和「夏沙多市鎮」透過傳送門連通，會怎麼樣啊？記得搭乘馬車需要約三十天？應該會為經濟方面帶來很大的改變吧？
…………
慢著、慢著。在那之前我先確認一下。
將傳送門的存在公開沒問題嗎？之前處理我手邊那幾組傳送門時，可就被警告了喔。說是會對他國造成不必要的威脅。
「關於這部分，在魔王國也討論過很多次。結論是沒問題。」
真的沒問題嗎？
「因為露閣下製作的傳送門，規格有點特別……」
聽到魔王這句話，露顯得不太高興。

「因為我做的傳送門，移動距離很短啦。」
是這樣嗎？
「嗯，要連通王都和『夏沙多市鎮』，需要十四組傳送門。」
「假使走直線，只需要一半就是了。這樣會和一般的傳送門搞混，就叫它短距離傳送門吧。」
短距離傳送門啊？所以說，需要夠多的量？
「除此之外，這種短距離傳送門出自露閣下之手一事也不會公開，對外會當成在遺跡裡面找到的。數量也會明確交代。」
原來如此。這麼一來其他國家也能安心吧。
「這個嘛，雖然他國多半不會把我們宣稱的數量照單全收，出自露閣下之手這點應該能蒙混過去。
然後，關於設置地點……」
魔王拿出一份簡單的地圖，將設置地點告訴我。
要將傳送門設在王都和「夏沙多市鎮」之間的村落與城鎮，讓它們彼此相連啊？
「對於短距離傳送門的使用，會加上某種程度的限制。首先，短距離傳送門基本上是免費使用。」
免費還真是不得了，沒問題嗎？
「也有付費的部分。每次通過傳送門，都必須在到達的地點住宿一晚。」
住一晚嗎？
「這是為了保護設置短距離傳送門那些村子與城鎮的經濟。」

雖然感覺很浪費時間，對於途經的村子和城鎮來說應該有必要吧。
「不過嘛，需要嚴加取締那些惡意抬價的旅店吧。我們會派軍隊負責管理且保護短距離傳送門。那些旅店比較少的地方，也得多蓋幾間。」
看來已經有過一番深思熟慮，魔王說明起來滔滔不絕。
軍隊關係人士沒有「住一晚」這項限制，商人和旅客也可以付錢免除。如果趕時間，就要付費移動。喔，繳納金額會按照馬車大小和載貨量改變嗎？所以是透過這種方式，對人、貨以及錢，加上一定程度的限制。
「這麼做可以有效降低在王都和『夏沙多市鎮』之間移動的風險，還能加深兩地的交流。」
看起來會造成很大的影響，不過身為魔王國元首的魔王願意負責就沒問題。
…………
為什麼要找我談啊？既然魔王已經決定，那去做不就好了嗎？
好像是因為實行計畫缺乏資金，所以希望我出資。
相對地，與我有關的人可以自由使用短距離傳送門。
國家出錢居然還不夠……喔，沒有多餘的預算啊？找商人出錢，又怕他們趁機撈油水。唔嗯……
要我出錢是可以，但是這項計畫對我來說沒有好處。雖然我不缺錢，浪費錢也不好…………不，如果王都和「夏沙多市鎮」之間的距離縮短，那麼從這個村子到王都，實質上只有從「五號村」移動到

「夏沙多市鎮」的一天路程。要和去王都念書的烏爾莎、阿爾弗雷德與蒂潔爾見面，也會變得容易許多。還是有好處嗎？

我稍微想了一下之後，露笑著說：

「我製作的短距離傳送門，總共有十五組喔。」

……？

露指著魔王拿出來的地圖。

「將第十五組設置在『五號村』，連通『夏沙多市鎮』怎麼樣？」

…………

我把陽子叫來商量了大約一小時之後，決定出資。

2 計畫修正

關東煮。

把各種食材放進大鍋子裡，並加入高湯燉煮的料理。

講得難聽一點就是大鍋菜，但也因為這樣，味道會隨高湯與燉煮的食材而有所變化，是一道很深奧的菜。

不過，讓我們先把細節擺到一邊。冬天特別適合吃關東煮。

我準備的食材包括白蘿蔔、馬鈴薯、水煮蛋、把魚肉剁碎做成的魚漿、將類似筋的部位串在一起而製成的「類筋肉串」、嘗試重現竹輪卻很難弄出洞而變成板狀的「類竹輪」……不對，是魚板。

本來差不多就這些，但經過鬼人族女僕們多方嘗試之後，又加了些別的食材。

紅蘿蔔、番茄、香菇、包心菜，還有雞肉、花枝與章魚。

雖然都很好吃，但是有人不吃章魚，所以少放……奇怪？鍋裡的章魚不見了？

「村長，那都多久以前的事了。村裡的人早就能正常地把章魚吃下肚嘍。」

鬼人族女僕之一這麼說，並且往我面前的鍋子補了章魚。謝謝。

然後，已經吃掉很多章魚的蒂雅克制一點。想蒙混過去也沒用喔。有人告密。

坐在蒂雅旁邊的瑞吉蕾芙，用手指示意蒂雅吃了七份。

啊，陽子。那塊雞肉還沒煮熟喔。露，火力能不能強一點？

這是一頓熱鬧的晚餐。

就在我喝著餐後茶時，魔王一臉沮喪地走來。

說是用短距離傳送門將魔王國王都和「夏沙多市鎮」連通的計畫有危險。

魔王事前已經在國內花了一番工夫遊說。四天王中的比傑爾和葛拉茲對於此事相當積極；藍登與荷儘管消極，還是偏向贊成。在各村落與城鎮確保設置地點的工作也進展順利。

喊停的是王都文官。

當然，魔王事前也知會過他們。於是，魔王詢問那些事到如今才喊停的文官們理由何在。

這次的計畫，有個根本性的問題。

傳送門可以雙向移動。露做的短距離傳送門也一樣。

可以雙向同時移動，而且寬度約有三公尺。本來大家以為，只要訂好靠右通行或靠左通行之類的規矩，移動起來就不會有問題。

確實，人的移動應該不成問題。然而，移動的不是只有人，可以料想到會有馬車和貨車通行。不，真要說起來，讓車輛通行應該才是重點。

馬車和貨車，沒辦法在短距離傳送門交會。

文官們找了軍方幫忙，用木框和簾幕做了個模擬用傳送門讓馬車和貨車實驗，所以應該不會有錯。

確實，連通「大樹村」和「五號村」的傳送門，雖然能讓載貨馬車通行，應該沒辦法會車。馬車移動時都要讓人先走，以確認是否安全。

文官們認定，一旦有馬車和貨車到來，就會導致堵塞。

儘管魔王用「交通會更方便，有點堵塞也是難免」當理由抵抗，被文官們用「沒辦法順暢移動就沒意義」說服了。

文官們也不是只有打回票，而是準備了解決方案。

那就是以時段限制移動方向。很單純，早上到中午的通行方向是「夏沙多市鎮」往王都，中午到晚上則由王都前往「夏沙多市鎮」。

我覺得這是個不差的解決方案，卻有反對勢力。那就是商人。

正確說來是達馮商會。由於目前找來討論這件事的民間人士只有達馮商會，能反對的也只有他們。

達馮商會對於短距離傳送門的構想十分贊同。可是，他們對於移動時間受限制這點表示強烈不滿。他們希望任何時間都能自由通行。

寫著商會要求的文件，為什麼有蒂潔爾的簽名啊？雖然我知道魔王來我這邊之前，已經先找蒂潔爾商量某些事。

順帶一提，「每小時更換移動方向」這個方案也不行。

其理由在於時鐘沒有普及。此外，現有的少數時鐘似乎也都要每天早上配合日出設定時間，有精確度問題。

如果無法在傳送門兩側分別準備好精確對時過的時鐘，恐怕很難做到。

因此，魔王想到的解決辦法，其實也很簡單。

那就是固定通行方向，兩地之間用兩組傳送門連通。確實，這麼一來就能擺平馬車和貨車的交會問題，可以有效避免堵塞。

麻煩之處在於，需要的短距離傳送門數量會翻倍。魔王已經向露確認過是否能增加短距離傳送門的數量。

「只要有材料就可以。」

露這麼回答。

材料似乎相當貴重，但是魔王已經說了會傾全國之力蒐集，所以要增加傳送門數量應該不成問題。

雖然追加製作大概得支付露不少錢，不過這下子問題就解決了吧……為什麼魔王會一臉沮喪地來找我啊？

好像是因為短距離傳送門的設置數量增加，導致需要的預算也跟著增加。

換句話說，就是希望我可以多出點錢？我倒是無妨……但是陽子笑瞇瞇地站在我背後。

「我想在途中的村子和城鎮開新旅店和新餐廳。」

我和魔王的事談完，換成陽子和魔王談。

陽子，別太過火。我們不需要把途中的村子和城鎮納入掌控。

先前談過的紙張生產，妳想讓途中的村子和城鎮也參與？這是無妨，但會不會為既有的造紙業者帶來困擾？這一帶只有「五號村」用植物造紙所以沒問題？其他地方都是羊皮紙？

畢竟歷史上就是植物紙的產量和價格淘汰了羊皮紙嘛。

算了，只要造紙沒機械化，一時之間應該不會有問題吧。

3 計畫補充

風雪到來。果然是冬天，好冷。

我就在這種情況下採收草莓。孩子們說想吃，於是我努力地採了一整籃。

地點在村子東北方。正規的草莓田已經收成完畢，所以去我在森林裡闢的那塊點心用田採收。

好啦，問題在於回家路。最短路線是橫越牧場區，不過……

山羊們嚴陣以待，也不曉得牠們是從哪裡知道我剛剛在採草莓。

大概是想嚇我或撞倒我，好讓草莓掉出來吧。畢竟山羊們會吃草莓嘛。

既然如此就該繞路……但是風雪變強了。早點回屋裡應該比較好吧。

可是，即使風雪這麼強，山羊們依舊不肯退，一直盯著我手裡的草莓籃。明明平常牠們早就去小屋或洞窟裡避難了。

以護衛身分和我同行的小黑子孫們，詢問要不要把山羊趕走。我儘管也想拜託你們，但是山羊們會就此放棄嗎？想來不會吧。顯然還會有零星攻勢。

…………

不得已。

我將草莓籃放到其中一隻小黑子孫的背上，山羊們看見後露出絕望的表情。

不好意思啊，這些草莓是為孩子們採的，不能讓給你們。

好啦，回屋子吧。

嗯？啊，喂，山羊們。不要集中攻擊我。草莓在那邊。好、好痛，慢著，喂，誰來幫幫我～！

結果是瑞吉蕾芙來解圍。

雖然很感謝妳，拜託別真的用魔法轟下去，很危險。即使妳看來故意避開山羊們就是了……

咦？妳是認真的？然後全都被躲掉了？

…………

不要沮喪。還有，別發誓要報仇。

那些山羊也有優點…………應該有吧。就算沒有，也請妳放過牠們。好啦，回屋裡吧。

途中，籃子掉到地上，草莓灑了出來，小黑的子孫們一臉尷尬。

…………

也對。畢竟我只是把籃子放到背上嘛，當然會掉嘍。

喔，不用道歉，是我不好。改天我想個能讓小黑子孫們背的籃子吧。

我一邊這麼想，一邊把沒事的草莓放回籃子裡。

以醬油底甜辣醬汁調味的雞翅。

好吃。超好吃。來多少我都吃得下。

可是，一隻雞只有兩支雞翅。如果想端上餐桌，會需要很多隻雞。

所以很遺憾，雞翅平常不會上餐桌，只會出現在我的宵夜。

宵夜……嗯，這個嘛，小事先擺一邊。

雞翅超好吃。也很下酒。

原本知道這種雞翅的，只有我和鬼人族女僕們，但是陽子、酒史萊姆，在我房間附近待命的小黑、小雪、座布團孩子們，以及不死鳥幼雛艾基斯，都看到鬼人族女僕端雞翅過來。

今天陪我吃宵夜的是不死鳥幼雛艾基斯。我窩在暖桌裡，艾基斯則在暖桌上啄著雞翅。

這樣啊，很好吃是吧？你還是一樣吃得很乾淨呢。

鳥吃鳥很正常。對牠們來說似乎不是同族就沒問題，所以我也不怎麼介意。

雞翅真好吃。

轉眼間就沒了。我吃了七支，艾基斯三支。

雖然我還想再吃一些……艾基斯也還想吃嗎？那麼，再來……

…………

鬼人族女僕盯著我看，所以到此為止。

抱歉，艾基斯。嗯，我會加油。謝謝。

白天，正當我在房間裡悠哉時，魔王的女兒優莉來了。

「我聽父親大人說，他計劃要用短距離傳送門連通王都和『夏沙多市鎮』……」

優莉似乎有事找我商量。什麼事啊？

「我贊成父親大人的計畫。一來能強調魔王國沒將傳送門用在軍事，二來能有效促進經濟成長。」

確實是這樣。

「不過，我擔心途中的村子和城鎮……」

假如將短距離傳送門連成的新路想成高速公路，那麼途中各村就是有住宿設施的休息站。如果沒有特色或特產，旅客就會趕著離開。

反過來說，要是有特色或特產，或許除了強迫住宿的那一晚之外，人們還會多留幾天。這麼一來，就要看途中各村鎮的努力……

「到目前為止，途中的村子和城鎮就算什麼都不做，也能靠交易馬車的往來有所進帳。突然講什麼特色或特產，我想來得及應對的地方應該不多。」

確實是這樣呢。

王都和「夏沙多市鎮」之間，有十個村子和三個城鎮。其中算得上有特色或特產的地方，目前只有兩個村子和一個城鎮。

剩下那幾個地方，特色就只有位於王都和「夏沙多市鎮」之間。

「我也聽說陽子大人要推廣造紙，可是那裡面適合造紙的村子大概也就一兩個吧。所以，我希望將其他技術也推薦給各村……」

其他技術？

「飼養山羊、綿羊、豬、牛和雞的技術。」

這部分已經推廣到「五號村」周邊的村落，但是位置偏向「夏沙多市鎮」東側。也就是說，優莉想藉由魔王這次的計畫，將技術也推廣到「夏沙多市鎮」西側。

嗯，反正也沒什麼需要隱瞞的，能增產糧食再好不過。陽子說要在途中的村鎮蓋餐廳，這麼做應該也能提供幫助。不過，如果飼養的數量不調整一下，價格可能會大幅滑落喔。

「這部分包在我身上。我會謹慎處理，避免已經開始飼養的村子蒙受損失。」

我明白了。可是，真難得優莉會跑來找我談這些事呢。

「我好歹也是魔王國管理員喔。」

魔王國管理員。

記得這個職務相當於無代官地區的視察員。對喔，途中的村子和城鎮並不是全都有代官。

「嗯，雖然計畫還在事前討論的階段，不過聽到消息的無代官村鎮首長已經跑來『五號村』了。」

真辛苦耶。

「嗯，真的很辛苦。畢竟他們只會說『請幫幫忙』。」

如果不引導他們自己想些主意出來，以後會很麻煩喔。

「話是這麼說沒錯，但是必須先度過眼前這一關。更何況，知道要來陳情已經算好了。有些地方在情況演變成無藥可救之前，都隻字不提。」

那還真糟。

這種情況該怎麼辦？事前提醒他們嗎？

「由我主動問『有沒有問題啊？』也很失禮……所以什麼都不能做。」

明明是魔王國管理員還不行？

「就算是魔王國管理員也不行。」

這也太慘了。

儘管會覺得該多給點權力……可是，當魔王國管理員的人，不見得每一個都像優莉這樣公平，掌握太多權力恐怕也會形成問題。

「就是這麼一回事。」

這下子就能明白，為什麼「知道要來陳情已經算好了」。

話又說回來，他們特地跑去「五號村」找優莉陳情？某些地方去王都找魔王比較快吧？

「因為以他們的身分見不到父親大人。更何況，隨便找王都官僚陳情，也有被拔掉職位的危險。畢竟這相當於公開宣稱自己無能。」

有被拔掉職位的危險……我覺得就是因為這樣，才導致某些地方不出聲喔。

「我也這麼想。我告訴藍登大人，必須建立一個能讓大家安心表達意見、找人商量的環境……但是還有立場和面子的問題。」

很難推動是吧。

「對。總而言之，這次與父親大人計畫有關的各個村子和城鎮，他們的意見會由『夏沙多市鎮』的伊弗魯斯代官與我討論彙整。所以，今後還請多多指教。」

好的，請多指教。

打完招呼後，優莉就離開了。

…………

嗯？不，慢著。為什麼要對我說請多多指教啊？應該對魔王說才對吧？

……這是打招呼的固定用語嗎？

4 消除計畫的不安因素

晚餐時，端出了用鹽醃過的大塊帶骨肉，和紅蘿蔔、洋蔥等蔬菜一起丟下鍋煮，再切開分給大家的料理。

我不知道菜名。因為這道菜不是我教的。為了好好享用向戈隆商會購買的鹽漬肉，鬼人族女僕們經過一番努力才有這個成果。
所以我沒打算多嘴……但是好鹹。如果不搭配其他食物一起吃、緩和鹹味，要吃完恐怕有困難。
這些鹽漬肉是我向戈隆商會買的。有牛、豬、山羊和綿羊等許多種類，還可以挑選部位。味道……都很鹹。
這也是理所當然，鹽漬肉基本上是能夠長期保存的食物。為了避免腐壞會加入大量的鹽，味道則擺在後面。
因為用了很多鹽，所以價格比生肉還貴……唉，畢竟能長期保存很重要嘛。
為什麼要買這種鹽漬肉呢？目的在於了解冒險者都吃些什麼。儘管已經聽格魯夫稍微提過，實際上究竟如何還是讓我很感興趣，但這是個錯誤。
總之我聽說冒險者會吃能夠久放的食物，所以沒多想就買了鹽漬肉回來嘗試……
「鹽漬肉是高級貨，冒險者們很少吃喔。」
將鹽漬肉運來的戈隆商會員工這麼告訴我。
鹽雖然在「夏沙多市鎮」不算稀有，基本上還是屬於貴重物資，大量使用鹽的鹽漬肉自然也貴。
所以，冒險者們吃的是塗上香草後曬乾製成的肉乾。他們冒險時會攜帶筆記本大小的板狀肉乾，每次吃飯時切一點下來。
真是失策。早知道就該先找格魯夫商量。

因為訂了不少，不太方便拿買錯東西當理由退貨，於是像前面講得那樣拿來當晚餐。不過……奇怪？大家都很自然地接受了耶。

「啊～這個真令人懷念呢～」

露這麼說……

「是啊。雖然很鹹，戰鬥後不知為何就會想吃這個。」

蒂雅和天使族成員們以懷念的語氣說。

「雖然味道很那個……不過當年是大家求之不得的食材呢。」

高等精靈們這麼評論。

「能夠攝取鹽分還不壞。」

蜥蜴人們好像將鹽分看得比味道重要。

「從前在山裡生活時，我們曾經做來賣。雖然自己沒吃過就是了。原來是這種味道啊。」

山精靈們露出難以言喻的表情。

「以前在村裡努力養蠶時，鹽漬肉是每年只吃一次的大餐。雖然只有一口……真懷念。」

擔任聯絡員的半人牛族說著說著就流下眼淚。

「以前我工作的大戶人家，在倉庫裡囤了大量鹽漬肉當軍糧。當然，我們連碰都不能碰……」

擔任聯絡員的半人馬族慎重地品嘗。

他們對鹽漬肉似乎都有屬於自己的回憶或執著。

然而，終究不是所有人都能接受。龍族的臉色就很難看。

「雖然不是不能吃，還是普通的烤肉比較好……」

德萊姆代表龍族向鬼人族女僕們表達意見。小黑、小雪與牠們的子孫，也因為鹽分太重而吃得很沒勁。至於座布團的孩子們……只吃肉的中心。邊緣果然還是太鹹啊。

在這種情況下，只有矮人們特別亢奮。

「和啤酒很搭！非常搭！為什麼我們沒早點要求這種肉啊！」

「再拿桶酒過來！我要試著多搭配幾種啤酒！」

「喔喔！」

看來今後得為矮人們採購一定數量的鹽漬肉了。

順帶一提，這些肉因為鹽分太多，所以沒給孩子們吃。因此，孩子們一臉羨慕地看著我們。

這道菜確實看起來很好吃，不過很鹹喔。雖然這麼說對煞費苦心的鬼人族女僕很抱歉……喔，原來是帶骨很有吸引力啊。

我知道了。那麼，明天就做帶骨的……肋排吧。

鹽漬肉以外的東西還是有記得採購，所以不用擔心食材。

隔天。

為了做肋排，我白天就開始準備。

把肉切成適當的大小，並且用叉子戳洞。之所以要戳洞，目的在於讓肉比較容易入味。我可不是在玩喔～

然後呢，全部都是同樣的味道可能會膩，所以我在一部分的肉裡加入醬油和蜂蜜。多花的這點心思，能夠讓料理更加美味。

晚上。

「這個也很好吃！很下酒！」

矮人們比孩子們更開心。

呃，你們釀了那麼多種酒，我覺得要端出沒辦法搭配的肉料理還比較難。

「爸爸，這個好好吃喔。」

呵呵，努力有了回報。

我會對冒險者吃的食物感興趣，除了陽子的餐廳計畫之外，還有個原因是格魯夫跑來找我商量。

「魔王大人的計畫已經四處流傳，讓冒險者相當不安，擔心會沒工作。」

一般對冒險者的印象，往往是為了追求某些東西，而前往危險地帶與魔物和魔獸交戰；不過，實際上擔任商會保鏢與商隊護衛的比例很高。

也就是說，一旦魔王的短距離傳送門設置完畢，在王都和「夏沙多市鎮」之間往來的商隊就不需要聘請護衛了。

確實，護衛商隊的工作可能就沒了。然而，魔王那邊認為，相對地會多出守衛各村鎮傳送門的工作。這些工作會比擔任商會或商隊的護衛更安全，收入方面應該差不多。

只不過，工作內容和過去不同，所以可能也會有人排斥。對於這些人，則建議他們承接從「夏沙多市鎮」往東的商隊護衛工作。

魔王的短距離傳送門計畫，是因為沿路都由魔王直轄才做得到；一旦扯上貴族領地，事情就會變得很麻煩。

「夏沙多市鎮」東側的貴族領地較多，很難建立短距離傳送門路線。

我這麼向格魯夫說明。

「剛剛講的那些，可以傳出去嗎？」

我已經得到魔王的許可。不過可以歸可以……

「你要告訴誰？」

「『五號村』和『夏沙多市鎮』的冒險者公會會長。」

「又是高層啊。」

「因為他們說有事找我商量，我才會聽到剛剛講的那些……」

「原來如此。他們聽到傳聞後很擔心，找上格魯夫你……為什麼要問你啊？」

「因為我和藍登大人姑且算得上是熟人。」

「所以，他們想知道你有沒有什麼情報，是吧？」
「真要說起來，比較像希望我幫忙打聽。」
「這樣啊。我原本以為已經知會過冒險者公會……原來沒有嗎？還是說順位比較後面呢……」
「冒險者公會屬於獨立勢力，會儘量避免和魔王國的政治扯上關係……那個，搞不好是因為魔王國這邊沒有負責人。」
「會有這種事嗎？」
「只是我的想像……兩位公會長感覺都不曉得要找魔王國的哪個人當窗口。」
「藍登不行嗎？」
「他的地位太高了。」
「所以才找格魯夫你啊。」
「看來是這樣。」
「事後才報告會產生糾紛，我會叫魔王和冒險者公會談一談。」
「非常感謝您。」
在這之後，我們閒聊提到有關冒險者生活的話題，我對格魯夫講的食物很感興趣，這才衝動買了鹽漬肉。
…………該反省。

5 「小黑與小雪・紅豆年糕湯」

「五號村」有了專門賣紅豆年糕湯的攤子。

「小黑與小雪」的代理店長聽了警備隊的要求之後來找我，於是我拜託山精靈們幫忙製作。顧攤人員是從「小黑與小雪」募集的志願者。所以，專門賣紅豆年糕湯的攤子視同「小黑與小雪」的分店，店名叫「小黑與小雪・紅豆年糕湯」。至於命名品味，就請各位別評論了。

擺這個攤子是為了讓那些在夜間巡邏、戒備的警備隊成員暖暖身子，回應他們「想吃些溫熱甜點」的要求。

所以活動時間基本上是深夜，擺攤地點在警備隊關連設施附近。

之所以弄成攤販形式，則是為了巡迴五號村各地的警備隊關連設施。如果採取興建、租借店鋪的方式，會產生遠近之分。

菜單只有紅豆年糕湯，無法調整大小，但是能追加年糕。一開始設想的賣法，是準備好的紅豆湯或年糕賣完就收攤。

⋯⋯⋯⋯

夜裡不斷有居民四處徘徊尋找攤子，同時陽子也來向我抱怨。

她說為了甜點搞得像不死生物一樣到處遊蕩，會對治安造成問題。

擺攤原本是要慰勞在寒冬夜晚努力工作的警備隊，要是因此讓警備隊變得更忙就本末倒置了。抱歉，那就把攤子撤掉……

我正打算這麼處理時，陽子卻喊停。

「我不是要村長把攤子收掉，只要想個避免讓居民徘徊的對策就好。」

原來如此。

為什麼徘徊？因為不知道攤子在哪裡。既然如此，對策很簡單。明確告知大家攤子在哪裡就好。

告知方法……我覺得傳單最快，但也有人不識字。要在不使用文字的情況下將地點告知大眾，該怎麼做才好？

…………

只能在白天用喊的吧。

那就僱人這麼做。還有，如果賣完了要收攤，就在擺攤地點留下賣完的牌子告訴大家。這麼一來就沒問題……慢著。

一旦告知大眾，客人就有可能變多。通知「小黑與小雪．紅豆年糕湯」的員工多備些料吧。

這樣如何？

看來問題已經解決，太好了。

「小黑與小雪．紅豆年糕湯」的營業額也很不錯，所以給員工們的酬勞增加了一些。我原本想提醒他們這攤子應該只有冬天會擺，但是員工們對於這點比我更清楚。

儘管兩件事可能無關，員工們告訴我，在晚上工作的人不少，並不是只有警備隊。而且，這些人除了甜點之外，也想要有正餐可吃。

原來如此，可以吃到正餐的攤子啊？員工們表示願意幫忙，不用拘泥於甜點。嗯，那就再想想還能擺什麼攤子吧。

我去工房找山精靈，結果出來迎接我的是三臺機器。

我知道一臺是裁斷機，用來將小塊木頭切細的機器。另一臺是……攪拌機吧？不曉得在拌什麼。

最後一臺我就不清楚了，動作很奇妙。可是，好像在什麼地方見過這種動作。是在哪裡呢……

…………

是「一號村」！那是在濾紙！也就是說，這些機器……

「這些是造紙用的機器。」

其中一名山精靈告訴我。

她們好像看了「一號村」的造紙方法後，就在思考能不能用機器做到那些事。然後，有了主意就要試著實行，這才叫山精靈。

嗯……我原本以為造紙機械化還早……這樣會不會對既有的羊皮紙業界造成打擊啊？不，機械化不是壞事，畢竟作業效率會提高嘛。這麼一來可以減少人力需求，也能縮短製作時間。

簡單來說，不要太過頭就好。

「這些機器，妳們預定要製作幾臺？」

「沒有預定。這些是利用空檔做來轉換心情的。」

「這樣啊。那麼，記得藏起來別讓陽子看到。」

「我知道了……可是，陽子大人就在村長背後呀。」

「咦？」

「村長，你居然想瞞我，我好難過啊。」

「呃……」

…………

陽子下了訂單。注意別做得太過頭。

「沒什麼能過頭的，光是生產滑軌式硬幣計算機就忙不過來了，要製造這些機器沒那麼快啦～」

看來山精靈們能擔任剎車。拜託妳們嘍。

然後，「五號村」的新攤子好像只能由我來做了。

「那個倒是另當別論，所以別客氣，儘管下單。做同樣的東西不如做新東西。沒錯，如果是新東西就無所謂！」

…………我懂妳們的心情。

協助山精靈作業之後，我回到起居室，發現魔王他們來了。

魔王、比傑爾、葛拉茲、藍登與荷，全部到齊了呢。另外再加上蒂潔爾和瑪爾比特，好像在開什麼會議。

…………

議題似乎是短距離傳送門。他們談到和冒險者公會缺乏溝通，以及該如何回饋提供支援的達馮商會與戈隆商會。

討論這些我懂，但是為什麼瑪爾比特的主張是維護「大樹村」的利益？蒂潔爾則在維護商會那邊的利益。啊，不，不能吐槽。要是隨便插嘴，搞不好會被迫參加會議。這時候就該默默離開。

……照理說已經收假回「夏沙多市鎮」的米優，出現在正準備離開的我面前。

「好久不見。怎麼啦？」

「我被叫來了。為了參加那邊的會議。」

米優這麼說，懷裡抱著好幾份羊皮紙卷。

從尺寸看來應該是地圖吧。喔，途中那些村鎮的周邊地圖是吧。

「村長沒參加嗎？露大人和陽子大人應該都會參加喔。」

「我就免了……話說回來，那是正式會議？不是會議前的協商？」

「好像是喔。據說這次要做出計畫修正的最終決定，所以才把我叫來。」

這樣啊。

唉，老實說，雖然有一條由短距離傳送門構成的路很方便，那終究是魔王國的事，我不該主動表達意見。頂多就是有人拜託時提供協助。

必須小心一點，不要介入太深。

「我覺得已經太遲了……稍後會向您報告。」

聽完米優這幾句話，我離開起居室。

……怪了？為什麼要向我報告？

晚餐後。

啊，向我報告的是魔王啊。

6 訪問南方、北方和東方迷宮

我選了個天氣好的日子，搭上萬能船開始移動。

目的地是「南方迷宮」，來一趟半人蛇族的家庭訪問。

秋季武鬥會時，半人蛇族派人詢問我能否前往她們的迷宮，似乎想讓我看看新生兒。一開始她們還準備花幾十枚獎勵牌請我過去，不過這種事用不著獎勵牌，所以我沒收。理由與半人蛇族無關但同樣想找我過去的巨人族，也有派人來問。因此我在拜訪完「南方迷宮」之後，預定走一趟「北方迷宮」。

接下來，則前往很早以前就說過要去的哥洛克族所在地「東方迷宮」。

同行者不多。畢竟一堆人冬天登門拜訪，會給人家添麻煩。所以，只有天使族的蒂雅、瑞吉蕾芙，以及蘇爾蘿。

蒂雅是妻子代表。本來應該是露，可是露忙著量產短距離傳送門，這次不參加。這也是不得已。瑞吉蕾芙和蘇爾蘿擔任我的護衛。格蘭瑪莉亞她們也想同行，但孩子還小嘛，不能勉強她們。

除了蒂雅她們三個之外，還有高等精靈莉亞與山精靈芽。

莉亞負責輔佐蒂雅，芽則好像有事要麻煩半人蛇族和巨人族。山精靈們現在苦於人手不足，可能和這點有關吧。真是辛苦她們了。

同行者還有「一號村」的傑克、「二號村」的哥頓、「三號村」的古露瓦爾德、「四號村」的貝爾，以及「五號村」的優莉。

一般來說他們不會同行這種活動，不過這次我考慮到各村之間應該有交流，於是向他們提起同行的事，大家都欣然接受。他們看來很起勁，個個都盛裝打扮。

最後，則是向來不會缺席的小黑子孫十隻與座布團孩子二十隻。這批通過選拔的成員就在我旁邊，看起來相當威武。

雖然我不想在冬天讓座布團的孩子們外出，這次是當事者的要求，所以我還是接受了。不畏寒冬的座布團孩子——紅裝甲與白裝甲，理所當然地搭上萬能船。

我明白。座布團事先已經交代過，我不會要你們別跟來。

以上就是這次與我同行的成員。

很遺憾，哈克蓮和拉絲蒂目前懷孕中，所以不能帶她們來。芙蘿拉和包含安在內的鬼人族女僕們負責留守宅邸，賽娜等獸人族則拜託他們照顧家畜。至於多諾邦等矮人……嗯，忙著釀酒分身乏術。這倒是無妨。

其實獸人族格魯夫與蜥蜴人達尬也想同行，不過我拜託他們去「五號村」協助陽子了。陽子本來好像希望我去，但那種可能要大打出手的場合拜託別找我啦。如果連格魯夫和達尬都應付不了，換成我也辦不到。

阿爾弗雷德、烏爾莎與蒂潔爾也想來，然而讓他們三個來，大概會再多一批人，所以我婉拒了。「海岸迷宮」會帶你們去，這次就先算了吧。

至於戈爾他們……你們願意去「五號村」幫忙格魯夫和達尬？謝啦。

我不在時，村裡以阿爾弗雷德為首。

這是由我和阿爾弗雷德以外的村民推舉的。阿爾弗雷德看起來很緊張，我不禁笑了出來。

唉呀，沒那麼容易出事，放輕鬆一點。如果有什麼萬一，就找周圍的人幫忙。

…………

抱歉，有事就找露幫忙。嗯，找露。

呃，我對德斯、基拉爾以及始祖大人沒有不滿。真的喔。

出發。

抵達。

眼前就是「南方迷宮」的入口。萬能船還真快呢。雖然比龍還要慢……唉呀，我說錯話了。抱歉，萬能船。

畢竟你載了很多貨物嘛。幫了個大忙喔。

我們從萬能船所載的貨物裡，挑出要給半人蛇族的份搬下船。

基本上都是「大樹村」的農作物和「五號村」的貢品。

「大樹村」的農作物和往常一樣，「五號村」的貢品則種類繁多。「五號村」製作的金飾、銀飾、玻璃製品、皮革製品、木製品、鐵器、陶器、漆器、武器、防具、魔道具、酒、家畜的肉、雞蛋、味噌和醬油等。
還有透過交易得來的寶石、麻布、羊毛、羽毛、金、銀、鐵礦石、木材、鹽、家具、地毯、藝術品和書籍。
雖然我也沒全部記清楚，不過安事前做了一份目錄，因此我直接把目錄交給半人蛇族的族長裘妮雅。她看起來很高興。
之後，就是此次訪問的目的：來看半人蛇族的孩子。
半人蛇族和蜥蜴人一樣是卵生，所以我見到的孩子都才剛孵化不久。嗯，個頭雖然小，確實是半人蛇族。
可是，既然是卵生，那半人蛇族身上還算豐滿的胸部又是怎麼回事？孵化之後還會持續用母乳餵養一陣子？原來如此。
我只是對生態有點興趣而已，沒有要嘗味道的意思，請別在意。
咦？幫孩子取名？由我來？只、只限一人喔。
…………
因為是半人蛇族(Lamia)的孩子，所以叫拉米子。
不行，這樣會和阿拉子撞名。呃……
取名字讓我煞費苦心。

因為還是蛋嘛。又沒有什麼特徵。我所知道的情報，就只有性別是女性。

算了，半人蛇族們高興就好。

…………

下一任族長就此決定？呃……不需要顧慮我喔。我認為，族長就該由具備族長實力的人來當。這孩子還是顆蛋嘛。

半人蛇族辦了一場宴會歡迎我們。

由於事前就已經知會過要來，所以她們準備得很周到。這種場合回絕也不太識相，所以我選擇乖乖讓人家歡迎。

宴會前的問候？知道，我事先準備好了。

乾杯！

啊，料理變好吃了。妳們很努力準備呢。

唉呀，眼淚可不適合出現在宴會上喔。雖然不用我說，我們來享受美食和美酒吧。

宴會結束後，我和袠妮雅暢談，並且留宿一晚。

喔，我和袠妮雅當然沒睡在同一個房間嘍。說是暢談，實際上幾乎都是在報告「南方迷宮」周邊的狀況，沒有什麼能讓人遐想的空間。何況蒂雅就在旁邊。

隔天中午。

我們告辭啟程。

待到中午是原本就預定如此，不是因為太過悠閒。為了讓昨晚無法參加宴會的人，有時間可以打打招呼。

而且，我們需要花點時間看半人蛇族的回禮。由於不是直接回「大樹村」，她們會等到春天才送回禮過來。

這麼一來，我的預定行程就跑完了……芽要拜託的事搞定了嗎？看來順利談完了。那麼，出發……

啊，還有送行表演是吧。了解。

半人蛇族特地在這麼冷的天氣跑到戶外做準備，我們應該接受人家的好意。

離開「南方迷宮」的萬能船航向「北方迷宮」，然而船並不是走直線，而是逆時針繞了很大一圈。

目的在於調整時間，以及避開「大樹村」的上空。

不是因為通過上空形同冒犯、無禮，而是會變成先回家一趟。這樣一來，形式上相當於將訪問延後，必須避免這種行為。

關於這部分，是天使族的瑪爾比特和琳夏教我的。雖然巨人族表示不用介意，然而禮貌上知道了，就該納入考量。

抵達「北方迷宮」。

我做的事和拜訪「南方迷宮」時一樣。這不是偷懶，而是防止巨人族和半人蛇族的待遇出現落差。兩邊種族不一樣，要做到完全相同大概沒辦法，但我已經盡力了。

……

明明是昨天才發生的事，腦袋卻意外地都沒記住呢。幸好有蒂雅和莉亞在。

為巨人族的小孩取名？這是無妨，但他們已經有名字了吧？讓他們改名？

呃，用不著特地改名……我、我知道了。呃……呃……

取名字讓我煞費苦心。

閒話 文官少女組的嘀咕

村長出門拜訪各個迷宮，但是我留下來看家。

真無聊。

我不禁這麼嘀咕。這樣可不行啊。

我留守是村長的決定。而我對村長的決定沒有什麼不滿。

雖然沒有不滿，要壓抑想跟去的心情很難。

…………咦？決定讓我留守的不是村長，而是芙勞大人？

那麼事情就不一樣了。芙勞大人在哪裡？必須讓她明白我內心的不滿。沒錯，我要和她說個清楚。所以，芙勞大人在哪裡？在我背後？

…………

不，我沒有什麼不滿。喔呵呵呵…………呀啊啊啊啊啊啊！

最近的芙勞大人極具攻擊性。

出手的標準好像變得比以前寬鬆。既然體內流著貴族的血，那麼有問題應該先試著用對話解決才叫優雅，不知您對這點有何看法？

「有意見稍後以書面提出。重點是，交代妳的工作做完了嗎？」

就算提出書面申訴，您大概也是看都不看就丟進暖爐燒掉吧。這樣很浪費紙，所以我會寫在木板上。我明白，會挑比較好燒的木板。以前我寫在很難燒的木板上，結果黏在暖爐裡長達三天。只要走到暖爐附近就看得見我的怨言，實在很丟臉。

啊，工作已經做完嘍。要是工作沒做完，哪有可能邊喝茶邊抱怨嘛。咦？下一件工作？

我的下一件工作，是參加會議。

說是這麼說，但也只是負責記錄。

聚集在宅邸會議室的成員，包括露大人、芙蘿拉大人、安大人、賽娜大人，以及芙勞大人。平常會出席的哈克蓮大人與拉絲蒂大人在懷孕當中所以缺席。

格蘭瑪莉亞大人、庫德兒大人與可羅涅大人，因為擔任阿爾弗雷德少爺的護衛而缺席。陽子大人則忙於處理「五號村」的麻煩而缺席。

雖說是不得已，看見那麼顯眼的空位還是讓人覺得遺憾。但就算是這樣，古隆蒂大人也不該坐到那個位置上喔。哈克蓮大人的代理人？原來是這樣啊。哈哈哈，露大人她們都認可了，我怎麼會有意見呢。請用茶。

芙勞大人和出席的各位都很忙，我們就快快進行吧。

從與會成員應該就看得出來，這並非正式會議。如果是正式會議，會有多諾邦大人與達尬大人等男性參加，參加的女性也可能再多一點。

因此，這是一場非正式規會議。名義是「茶會」。

「茶會」的內容包羅萬象，不過基本上是找村長討論之前做的事前確認。為了避免誤解必須先聲明，這些確認不是為了操縱村長的判斷。此外，也不會攔阻任何人去找村長商量。

主要目的純粹是提前了解找村長討論的內容，以及蒐集、整理相關資料。

這麼做好像是為了村長問起時能夠立刻回答，是十分重要的事情。

不過，要是內容類似就會合併成一項，協調由誰出面找村長討論。因為同樣的事一問再問，等於打擾到村長了嘛。

嗯，這部分大家已經習慣了，所以決定得很快；我也努力做紀錄。畢竟之後還需要讓沒參加的人也看到嘛。

事前確認結束之後，就是報告村長不干涉的那些事。

「○╳▽◇□～」

更正。

報告不能讓村長聽到的那些事。不是什麼糟糕的內容喔。少女總是有些不能讓男性聽到的祕密，還請見諒。

這些不會留下紀錄。

最後則是真正的茶會，閒聊時間。

「『五號村』的貢品裡頭有些我想要的東西，可以先確保下來嗎？負責管理的是芙勞對吧？」

「我有個關於孩子們教育的提議。」

「喔，那種酒。我曾在多諾邦大人那邊看到。」

「芽真的有打算生孩子嗎？」

「伊絲莉小姐偶爾會望著遠方出神，真令人擔心。」

「阿爾弗雷德少爺和烏爾莎小姐算是確定了，蒂潔爾小姐的對象該怎麼辦？」

由於是閒聊，所以我也能參加。還挺有趣的。

這時，鬼人族女僕之一來通知安大人。

已經確認村長平安離開「南方迷宮」，前往「北方迷宮」了。雖然應該不會有什麼問題，還是該小心謹慎。村長的移動看來很順利，真是太好了。

唉呀，剛剛的通知讓會議室安靜下來了。看來這時候該由我帶起話題。

「這麼說來，有件關於畢莉卡小姐的事想要和各位商量……」

畢莉卡小姐是人類。

我是魔族，所以很容易忘記這點，不過就人類的壽命看來，畢莉卡小姐已經是有幾個孩子也不奇怪的年紀了。前陣子我問她，是不是打算就這樣不結婚……

「她並不是完全不想結婚，只不過如果要結婚，希望對象是格魯夫大人。」

「也就是想當格魯夫的第二個太太？」

「是的。只不過，獸人族男性有排斥多妻的傾向，畢莉卡小姐好像對這點有所顧慮……或者該說她好像無法採取行動。」

「只要有妻子的許可就不成問題了吧？」

「我想妻子的許可就是最大的難關……」

「就我所聽到的，似乎只要有好好來打聲招呼，她就願意接納……」

雖然對畢莉卡小姐很不好意思，但是大家討論得很熱烈。別人的戀愛就是少女的營養。

咦？我？我的目標是村長呀。呃，嗯，這個……我確實是個會在最後關頭退縮的膽小鬼沒錯啦。畢竟還是少女嘛。嗯，總有一天一定會。

7 「三號村」的煩惱

「北方迷宮」的訪問，過程和「南方迷宮」幾乎一樣。

只不過，我帶給巨人族的「大樹村」農作物比較多。雖然人家告訴過我要盡可能一樣，但是食物方面不考慮種族差異可不行吧？半人蛇族和巨人族的食量相差太多了。

相對地，其他東西的分量就有所調整……不過沒造成什麼問題。

參加歡迎宴、住一晚。之後一直到出發，流程都一樣。

連山精靈芽有事拜託也一樣，有點好笑。

好啦，接下來我原本打算前往「東方迷宮」，不過在出發之前還有些時間，所以趁這時候接受古露瓦爾德的諮詢。

實際上，這次除了我送的禮物，還送了各村的產物。畢竟有各村代表同行嘛。

「一號村」送的是紙張與竹藝品；「二號村」送的是絲綢和豬肉；「三號村」送的是雞蛋；「四號村」送的是辛香料；「五號村」送的是工藝品。

出發前為了避免禮物重複，而花了些時間調整，這時發現了一個問題。那就是「三號村」缺乏比較有特色的產物。

「三號村」有的東西，「大樹村」全都有。所以「大樹村」這次沒送雞蛋，而是由「三號村」負責。不過……

「為了『三號村』，使得『大樹村』退讓……真是太丟臉了。我覺得很對不起無法收到『大樹村』產雞蛋的半人蛇族和巨人族。」

以古露瓦爾德為首的半人馬族，顯得非常沮喪。

唉，半人馬族剛移居時男女比過於極端，所以沒讓他們做出太大的改變。畢竟要以習慣生活和生兒育女為優先嘛。

芙卡男爵一行人的移居雖然使男女比有所改善，卻得花費心思彌補先來後到產生的差距。

於是疏忽了營造「三號村」的特色吧。

…………

雖然我覺得「半人馬族的村子」已經是種特色……而且他們對於定時聯絡這項工作十分認真。

儘管我說不用急，古露瓦爾德還是一有時間就在思考這件事。

嗯～「三號村」生產的東西啊……

理想情況是只有「三號村」能生產，但是太過拘泥於這點也不好。如果能像把辛香料交給「四號村」那般，找樣東西交給「三號村」負責就好了……

有什麼適合的東西嗎？就在我和古露瓦爾德煩惱時，優莉來了。

「在問題一堆的『五號村』看來，古露瓦爾德小姐的煩惱很奢侈喔。」

「優莉大人。」

「不需要尊稱吧？畢竟我是代理村長的代理人，而妳是代理村長。妳甚至可以直呼我的名字喔。」

「這、這怎麼行……」

優莉在欺負古露瓦爾德……這是為了讓古露瓦爾德別想太多吧。

「關於雞蛋一事，不要想成『大樹村』退讓，當成得到和『大樹村』雞蛋同等的評價就好。對吧，村長？」

咦？啊，嗯，是啊。

我不認為「三號村」的雞蛋會輸給「大樹村」的雞蛋。

嗯，太好了。古露瓦爾德有了些許笑容。她的事就交給優莉處理吧。

不過，雞蛋啊……

不要想太多，直接把雞蛋當成「三號村」的特產，這樣好嗎？

畢竟各村都有養雞，若想當成特產，不但要擴大「三號村」的養雞規模，還得增加雞的種類……不行。目前雞蛋的量已經很充足。不，甚至會多出來。

生產更多也消耗不完吧。就算要賣到外面，雞蛋也有鮮度問題，能夠期待消費量的「五號村」自己也有養雞。

雖然也可以新開設類似「小黑和小雪」那樣的店來消耗……不過做到這種地步，還能說「三號村」的特產是雞蛋嗎？

…………算了吧。

「村長，待在外面苦思也不見得會有好主意，必須去現場看一看。」

不知不覺間來到身旁的蒂雅，對我這麼說。然後蒂雅叫來古露瓦爾德，告訴她後續等去「三號村」的時候再談。

古露瓦爾德向我道歉，說不好意思害我費心了。不，沒辦法立刻想出主意，我才覺得不好意思。

嗯，總而言之「三號村」特產的事暫且想到這裡，後續等拜訪「三號村」的時候再說吧。

反正回到「大樹村」之後，各村八成都會邀請我去訪問。

萬能船升空，航向「東方迷宮」。

「東方迷宮」雖是第一次去，不過從「南方迷宮」往「北方迷宮」移動時已經大略確認過位置，所以不會迷路。之所以特地逆時針移動，部分原因就在這裡。

可是，嚴格說來我們沒有看見「東方迷宮」的入口。「東方迷宮」的入口在一處巨大裂痕的底部，我們從遠方只能看見那道裂痕。

唉呀，反正已經知道是在裂痕的正中央，應該不至於迷路吧。

問題在於沒問清楚要從哪裡下去吧。從外觀上看來，搞不好需要用繩索垂降。

啊，直接將萬能船開進裂痕裡是吧。原來如此……慢著！

「上升————！」

差不多就在我喊出聲的時候，萬能船逃向上空。

接著，巨大的血腥蝮蛇就像要追趕我們似的伸長脖子。尺寸相當大，而且不止一條，嚇了我一跳。

我舉起「萬能農具」化成的長槍……但是血腥蝮蛇很快就鑽進裂痕裡。

居然會逃跑，真不像牠們的作風。

「會不會是在冬眠呢？」

拉開弓的莉亞這麼說。

喔，原來如此。不是逃跑，只是要把我們趕走啊？

可是，該怎麼辦呢？

雖然可以用「萬能農具」化成的長槍連同地面一起攻擊，這麼做或許會對「東方迷宮」造成影響。

在「北方迷宮」討伐那些蛇的時候，是靠哈克蓮和拉絲蒂的表現……但是她們還在懷孕中。回「大樹村」一趟，找德斯或基拉爾幫忙……不行啊，這樣和我投擲長槍沒兩樣。萊美蓮和古隆蒂應該也是。

海賽兒……大概不肯離開哈克蓮身邊吧。馬克看起來很有常識，或許可行……但是他肯來嗎？

「村長，這樣實在沒辦法靠近『東方迷宮』。怎麼辦？等到春天嗎？」

聽到莉亞這麼問，我想了一下。

「在這之前，沒有任何報告指出『東方迷宮』有血腥蝮蛇。換句話說，這些蛇可能只是恰好來冬眠。只要春天一到，應該就會往各地移動了吧。」

這樣啊。

可是數量很多，也有可能在這裡定居。

「到時候再拜託哈克蓮大人不就好了嗎？若是春天，她應該已經生了。」

啊～這段時間不能動，到時候她應該會欣然答應吧。這麼一來，要擔心的就剩下住在「東方迷宮」裡的哥洛克族……

「只要不離開迷宮，哥洛克族就不會有事。」

莉亞如此斷言。

記得哥洛克族會擬態成岩石隱藏身形嘛。

……………知道了。雖然很遺憾，不過訪問「東方迷宮」一事就留到春天吧。

8 擔心的安

這次的迷宮訪問，本來預計花上五天到十天。

因為不知道會在「東方迷宮」碰上什麼狀況，所以時間安排得比較長……結果三天兩夜就回村了。

所以，負責留守的阿爾弗雷德好像有點不滿。抱歉啦。

原先幹勁十足的紅裝甲和白裝甲牠們也是。哈哈哈，放輕鬆、放輕鬆。

小黑和小雪倒是很沉穩。雖然距離比平常近了點。

還有，雙頭犬歐爾朝我吠是怎麼回事啊？該不會……把我忘了吧？啊，牠好像想起來了，搖著尾巴靠近。

雖然想摸，但是牠剛剛對著我吠讓我有點抗拒。唉，可是不摸好像也有點怪。好乖、好……

我才剛伸出手，歐爾就跑到古隆蒂那邊了。

……

於是我追上去逮住牠摸。古隆蒂，抱歉嚇到妳了。

至於擔任護衛同行的瑞吉蕾芙和蘇爾蘿，我則向她們表達深深的感謝。

畢竟途中隨時都不能放鬆嘛。兩位好好休息吧。

獎勵牌就等晚餐時……不需要？呃，可是……

「因為平常都沒幫上什麼忙。」

「沒錯。不能因為這點小事就領獎勵牌。」

我倒是不這麼認為……好吧。

雖然我希望她們收下，把慰勞品硬塞過去也沒意義。於是我放棄直接交給她們，改為寄放在蒂雅那邊了。

也可以說是丟給蒂雅處理。

格魯夫在傳授戈爾和席爾某些東西。

真稀奇，這組合裡居然沒看見布隆。

……………咦？不對，好像是戈爾和席爾在教格魯夫？

我原本想走近瞧瞧在教什麼，不過看他們神情嚴肅的樣子，還是算了吧……或者該說，有種不能隨便靠近的感覺。

一旁還有高等精靈和鬼人族女僕盯著他們三個……這是怎麼回事？算了，要是和我有關係，之後自然會來找我。

嗯，不要隨便靠近。

我房間的床上，貓萊基耶爾與寶石貓珠兒親密地睡在一起。畢竟我房間是宅邸裡最舒適的地方嘛。

啊，不用起來沒關係，繼續睡無妨。我只是來換衣服。

嗯？酒史萊姆也在啊？你在冬天也很有活力嘛。

…………

慢著。我打開房間的暗櫃，確認裡面的狀況。

出門前還剩下約八成的酒桶，內容物只剩下不到三成。

是你吧？很好，乖乖認罪這點值得嘉許。不過，偷喝可不行喔。因為有些時候裝的不是酒。

是不是酒一看就知道？你這話講得和矮人們一樣呢。

這個嘛，或許你看得出來，但還是不可以偷喝。要是再犯，我就告訴安。

深切反省的酒史萊姆離開了房間。

萊基耶爾用「你這處置也未免太輕了」的眼神看我。嗯，確實很輕，然而我有理由。

暗櫃深處還有暗門，裡面放著跟矮人們拿的美酒。只要那個沒事就無妨。

即使我這麼對萊基耶爾解釋，萊基耶爾的表情依舊沒變。

…………難不成？

我打開暗櫃深處的暗門。

酒桶還在。但是很輕。

…………………………

我去向安告狀了。

「我明白酒史萊姆的行徑了。不過話又說回來，管理村長的飲酒量也是我們的工作，看來村長還是信不過我們，真令人遺憾。」

…………………………………………………………

對不起。可是啊，私底下藏酒是男人的浪漫。沒錯，浪漫！暗櫃也是浪漫！因為是浪漫，所以會這麼做也在所難免！

儘管我講得慷慨激昂，還是沒辦法讓人家明白。真遺憾。

露看起來好像很忙。芙蘿拉也是。

嗯，出門時發生的事，就等晚餐時再問吧。

話說回來，女性們好像很慌張，出了什麼事嗎？又要保密？沒有做什麼壞事？這點我倒是相信妳們。等到能說的時候，再告訴我吧。

好啦，晚餐前我把烏爾莎、阿爾弗雷德以及蒂潔爾叫來。

畢竟已經答應了嘛。就把預定前往「海岸迷宮」的事告訴他們吧。

想要參加的小孩，只有烏爾莎你們三個。保險起見我還是問一聲……有沒有想帶其他人一起去？

……啊~抱歉，我就直說吧。烏爾莎，把伊絲莉留下來好嗎？她是妳朋友吧？把人家邀來家裡卻丟著不管，我覺得這樣不太好。而且伊絲莉恐怕不想留在沒有烏爾莎的村子裡……

不能讓她以身犯險？

原來如此，烏爾莎是這麼想的啊。

……是啊，畢竟要挑戰迷宮嘛，確實不能讓人家以身犯險。

那麼將心比心，烏爾莎妳也不要去，怎麼樣？不要別開目光。

嗯？怎麼啦，安？晚餐嗎？

「村長為烏爾莎小姐擔憂的心意，令我十分敬佩。」

怎、怎麼啦？為何突然講這種話？出了什麼事嗎？

「不，只是看見村長的體貼之後，再度感受到村長是多麼為人著想。」

別、別這樣啦。我會害羞耶。

「哪裡、哪裡，我說的都是理所當然的事。我覺得自己也該效法村長的體貼。」

原來是這樣嗎？嗯，反正也不是什麼壞事，很好啊。

「感謝您的認可。那麼……」

那麼？

「村長也別去危險的地方如何？」

…………

那、那裡好像是始祖大人建立的迷宮，加上始祖大人會同行，應該沒問題吧。而且魔王應該也會派一批老練冒險者過去。嗯，我不會帶頭往裡面闖。會慎重再慎重，一有危險立刻撤退……

晚餐時間之前，我都在努力向安宣揚這次「海岸迷宮」的活動方針。希、希望能讓她明白。

閒話 女僕在看／女僕被拖下水

我……我要求匿名。只能說職業是女僕。

沒錯，我的職場是「大樹村」。

……才、才不會穿幫。不會有事啦！

咳咳。

呃～在「大樹村」，某件事於不久前，成為了話題焦點。

那就是格魯夫大人與「五號村」畢莉卡大人的婚事。這方面的事，若不是村長或者露大人與蒂雅大人他們撮合，禮貌上不該插手。畢竟村長鼓勵自由戀愛嘛。

不過，當事者希望他人插手，就另當別論了。

這次是畢莉卡大人找上「五號村」的代理村長陽子大人諮詢……應該說，是畢莉卡大人的弟子們找上陽子大人諮詢，而陽子大人又拿這件事去問露大人。

對於陽子大人不是找村長而是找露大人這點，我不便發表意見。對，因為我也贊同陽子大人的猜測

——就算找上村長，村長也只會放著不管。

不管怎麼說，格魯夫大人都已經有妻有子了嘛。

於是呢，這個案子使得「大樹村」的女性們有所行動。

女生嘛，總是會因為戀愛話題而興奮不已。大家紛紛在最前排占好位置，守望格魯夫大人與畢莉卡大人的愛情路。

沒錯，一切都準備完畢，舞臺也已經布置好，能私下運作的部分都運作完了。

不過，我們不會硬把兩人湊在一起。不只是我，所有人都一樣。我願意向村長發誓。

所以，兩人會如何發展，要看他們的判斷。我一邊工作，一邊思考這件事究竟會變成什麼樣……

「抱歉，我沒辦法愛上我太太以外的女性。」

看樣子，兩人注定無法結合。

雖然遺憾，關於這部分我們實在無能為力。畢莉卡大人看來也已經料到會有這種結果……儘管眼眶含淚，臉上卻掛著笑容。今天的晚餐，就多弄些畢莉卡大人喜歡的菜吧。

……………

話說回來，村長。您為什麼倒在那種地方？被格魯夫大人不隨波逐流的態度重創了？原來如此。起得來嗎？做不到？看來打擊很大，您沒事吧？我伸出手打算扶起村長，但是在碰到村長之前，安大人和拉姆莉亞斯大人已經把村長抱起來了。

至於我的手該擺哪裡……好的，我會去擦窗戶。

安大人和拉姆莉亞斯大人會直接將村長送回房間是吧？我明白了。

關於今晚的菜色，我有些提議……好的，那就這麼辦。安大人看來也有考慮到畢莉卡大人。

擦完窗戶之後，就去支援廚房吧。

廚房和往常一樣是戰場。畢竟菜色突然換了嘛。

唉呀，不能鬆懈。必須趕快做事。

廚房的同伴們毫不猶豫地把工作分配給我。

儘管作業量好像有點多，但不是做不來，我會努力。

……………

雖然我會努力，但可以讓我問一句話嗎？

安大人和拉姆莉亞斯大人在哪裡？

難得這個時間在廚房看不見她們兩人。打從她們說要送村長回房間之後，已經過了好一段時間。

……………………糟糕！我不該擦什麼窗戶，應該幫忙送村長回房才對！

雙頭犬歐爾正在吃飯。

牠剛來這個村子的時候，還會吃我們準備的飯，但是最近都不吃了。牠好像只吃古隆蒂大人給的飯，十分忠心。

雖然一臉驕傲……不過幫牠做飯的人是我，只是由古隆蒂大人拿給牠而已。

不，沒事。女僕不該多嘴。

歐爾一吃完飯，就往古隆蒂大人那裡跑，而且全力衝刺。看得出來牠很愛撒嬌。

古隆蒂大人對於孩子們的教育還算嚴格，卻很寵歐爾。

前陣子，古隆蒂大人曾經在歐爾吃飯時躲起來跟牠開個玩笑……結果發現古隆蒂大人不見的歐爾一直傷心地叫，還在屋裡跑來跑去尋找古隆蒂大人。

看見歐爾那副模樣之後，古隆蒂大人好像更寵牠了。

話說回來，有一件事令我很在意，雙頭犬的鼻子性能究竟怎麼樣啊？古隆蒂大人也沒有躲得很認真，應該用鼻子就找得到才對……

難道說，歐爾是為了向古隆蒂大人撒嬌，才故意這麼做！

…………

歐爾應該沒想過這種事吧。抱歉，我不該懷疑你。

因為年紀還小，所以鼻子不好……不，應該是沒想到要用鼻子找吧。啊，好好好，我不會妨礙你走在古隆蒂大人前面啦。

不過，走在古隆蒂大人前面好嗎？一般來說不是應該走在後面嗎？原來如此，是要帶路啊。

可是我覺得古隆蒂大人不需要帶路，而且你明明一碰上麻煩就躲到古隆蒂大人後面……歐爾鬧彆扭了！抱、抱歉，不小心說溜嘴了。

女僕明明不該多嘴……要反省。

鬧起彆扭的歐爾，在古隆蒂大人的撫摸下恢復原狀了。

是的，我什麼也沒說。只講了「感情真好呢」。

不過，基拉爾大人就在那邊看，這樣沒問題嗎？他像往常一樣惡狠狠地瞪著受古隆蒂大人疼愛的歐爾，可是給人的感覺好像有些不同……兩位昨天吵架了嗎？

令人驚訝。因為兩位的感情看起來很好。

因為感情很好才會吵架？上了一課。

順帶一問，吵架的理由是什麼呢？基拉爾大人沒把古隆蒂大人做的菜吃完？

這麼說來，昨天有一道菜是古隆蒂大人做的呢。原來他沒吃完啊。

大概以為是我們或惡魔族那幾位做的吧……有罪。

不過，基拉爾大人看來是在找機會道歉……我明白了。那麼，我會帶基拉爾大人去廚房。要讓基拉爾大人也體會做菜的樂……咳咳，體會做菜的辛苦。以及做的菜沒被吃光，所帶來的絕望。呵呵呵。

總而言之，基拉爾大人的手藝如何先擺一邊，請兩位最慢也要在晚上和好喔。因為夫妻吵架拖久了，不會有什麼好事。

晚上。

基拉爾大人做的菜很好吃。比古隆蒂大人做得還要好吃。

…………

古隆蒂大人把基拉爾大人做的菜吃光，同時鬧起了脾氣。

請您別再這樣了啦～您看看歐爾都不知道該如何是好了。等等，為什麼是由我來安撫啊～現在是基拉爾大人出場的時候吧？還沒和好所以辦不到？現在正是好機會。囉嗦，別拖拖拉拉，給我往前站！不要拿歐爾當盾牌！

9 修行

我的名字叫火樂，在「大樹村」當村長。

最近感觸良多，所以我打算做些磨練心性的修行。

…………修行。

其實我也搞不太清楚，是待在瀑布底下讓水流沖刷之類的嗎？總而言之，我決定往河邊移動。

嗯，有瀑布。十分湍急。

而且，水流裡還夾帶著不小的冰塊。大概是冰柱之類的掉進水裡了吧。

瀑布附近，那些冰塊先後撞上岩石，發出啪嘰啪嘰的聲響。畢竟是冬天嘛。

…………

因為很危險，所以撤退。而且好冷。

啊，喂，來當護衛的小黑子孫們，別衝進瀑布裡。我說撤退，撤退！要是你們過去，我不就也得過去了嗎！不要在瀑布裡等我！你們只想著要和我玩，忘了護衛的事了啦！

連個噴嚏都沒打，應該是多虧了「健康的身體」吧。不過，還是會覺得冷。

我重新考慮修行一事。

…………

冬天的河水很冰，所以我不會再靠近了。既然如此……

我來到溫泉地。
當然，不是為了泡溫泉而來喔。是為了修行。
雖然溫泉地沒有瀑布，只要自己做一個就行了。這點工程只靠我一個人也辦得到。
啊，小黑的子孫們就進溫泉裡暖暖身子吧。畢竟你們和我不一樣，有可能會感冒嘛。好好泡一下吧。
來到這裡，護衛工作應該可以找死靈騎士們代勞。
死靈騎士們跳起舞來，示意包在他們身上。嗯，有點不安。
可是，溫泉地還有獅子一家在。而且我也收到了優兒一天到晚試射，導致魔物與魔獸不敢靠近的報告。護衛交給死靈騎士們負責，應該也不成問題吧。

我剖開帶來的竹子製作水道。
源泉原本就位於高處，所以算不上什麼難事。只要挑個像懸崖的地點，一下子就搞定了。
…………
要稱它為瀑布，水量實在少了點。
可是如果在這裡用太多水，會讓其他溫泉的水位降低，因此無可奈何。
算了，沒差。反正重點是讓瀑布的水流沖刷，應該不用在意水量吧。
老實說，我連瀑布沖刷是什麼樣的修行都不清楚。
更重要的是，現在呈現溫水從三公尺高處以拋物線灑下來的狀態，簡直和淋浴沒兩樣。這樣應該不能算瀑布修行吧？

對了，不要讓溫水往外拋，改將水導向正下方……很好，感覺不錯。這樣肯定能代替瀑布。

馬上來試試看。

…………

這只是溫泉ＳＰＡ吧。

我知道。我在製作途中就發現了。

只是假裝沒注意到而已……這樣！這樣不行！這種隨波逐流的態度不可取！

拒絕的勇氣！能夠說ＮＯ的覺悟！要明白有些時候該撤退！

我上了一課！

…………

ＳＰＡ水柱也有修行的效果呢。

再讓水沖一下吧。而且打在肩膀上的感覺好舒服。

死靈騎士們也有興趣嗎？好，要輪流喔。

日後。

…………

「拿到我這邊的，都是些無法拒絕的案件，這是我的錯覺嗎？」

我向文官少女組確認。
「不，不是您的錯覺。能夠拒絕的案件，蒂雅大人和陽子大人會在呈交村長之前就退回去。」
「是這樣嗎？」
「是的。露大人指示，要盡可能避免勞煩村長。」
「這麼一來……會到我手邊的案件就表示——」
「是我們認為重要到不能退回且無法拒絕的案件。」
「原來如此。」
…………
算了，也罷。
今天也去ＳＰＡ修行吧。

10 「海岸迷宮」攻略隊

到了前往「海岸迷宮」的日子。
攻略隊的隊長是我。隊員包括露、蒂雅、格魯夫、達尬、蜥蜴人十名、莉亞與高等精靈五名、山精靈五名、鬼人族女僕兩名、半人蛇族五名、巨人族三名，再加上瑞吉蕾芙和始祖大人。

還有烏爾莎、阿爾弗雷德、蒂潔爾、戈爾、席爾，以及布隆。

儘管也試著邀請了伊絲莉、不死鳥幼雛艾基斯、老虎蒼月和雙頭犬歐爾，可是……伊絲莉窩在暖桌裡不參加；艾基斯要和鷲修行不參加；蒼月在當事者表達意見之前，貓姊姊們就強調不參加，似乎是因為不想讓牠去危險的地方；歐爾不願意離開古隆蒂身邊，因此不參加。

我確認一下，古隆蒂……因為有可能毀掉迷宮，所以婉拒？嗯，不勉強。

對了、對了，還有些隊員不能忘記。小黑的子孫三十隻，座布團的孩子……大概有一百隻吧？雖然我告訴牠們冬天不用勉強，牠們反而顯得很有幹勁。

一開始我沒打算帶牠們去，不過安和拉姆莉亞斯表示，既然要挑戰無人突破的迷宮，就該安排攻略迷宮的專家，而這個理由說服了我。

答應之後，我還在想攻略迷宮的專家是誰，結果就是小黑的子孫們和座布團的孩子們。確實說到攻略迷宮，就該提起牠們。牠們有過經驗，應該不會錯。

只不過，要帶小黑的子孫和座布團的孩子同行，就得知會魔王和比傑爾一聲。畢竟在魔王國領引發騷動，沒有任何好處嘛。

幸好，魔王和比傑爾正巧在宅邸裡，所以很快就得到他們的同意。

魔王或許也是因為需要在這次「海岸迷宮」探索發現大量短距離傳送門，所以無從拒絕。真是抱歉……似乎也還好？唉呀，總之我先聲明不會亂來，安全第一。

攻略隊的成員各自穿戴好裝備，透過始祖大人的傳送魔法移動到「海岸迷宮」附近。好乾淨的沙灘，簡直就像海水浴場……啊，是人工清理乾淨的啊？記得有迷宮的洞窟，就是在清掃海岸時發現的嘛。

那座洞窟，好像就在離這邊不遠的岩場。儘管很想趕快過去，不過要先等待。我們之所以沒傳送到迷宮入口外，而是鄰近的沙灘，就是因為要在這裡等人。

等待的對象有兩批人。

一批是發現「海岸迷宮」所在洞窟的海洋種族。請他們前來，除了要對於他們發現迷宮表達謝意之外，還要詢問他們發現時的詳情。本來該由我們去拜訪人家才對…………但是要我進海裡和海洋種族對話不太實際，所以雖然這麼做很失禮，還是要請他們來一趟。

另一批人，則是魔王安排的冒險者。這些人負責發現短距離傳送門。

起先要由我來擔任，但我拒絕了，所以換成冒險者們。為什麼不一開始就提議讓冒險者們擔任這個角色呢？

疑問先擺一邊，兩批人都沒現身，看來還沒到。雖然好像不能不等……小黑的子孫們和座布團的孩子們看見海洋後相當興奮。你們是第一次見到海嗎？要靠近海無妨，但是別下水喔。不，我不是懷疑你們不會游泳，我知道你們會在河裡和水池裡游。只不過，接下來要探索迷宮，不該浪費體力。更何況，如果被海水弄得一身溼，你們的毛……在這種地方要確保淡水恐怕也不太容易。嗯，雖然聞氣味應該就知道了，我還是要提醒你們，海水不能喝喔。因為那是鹽水。

嗯，回答得很好。可以去嘍。

然後已經跑進海裡喝海水的烏爾莎，過來這邊。阿爾弗雷德和蒂潔爾也是。

這一帶的氣候雖然不怎麼冷，終究是冬天的海洋。

不是不能下水，但不適合游泳。即使如此，還是一直線衝向海洋……這就是年輕嗎？

不，現在不是感嘆的時候。

我拜託鬼人族女僕們生火，讓烏爾莎他們取暖。至於說教……露和蒂雅已經在做了啊。

那麼，我來弄點熱湯吧。畢竟要等的人還沒出現嘛。

幸好我帶了大鍋子來。慶典等場合要做很多菜時用的那種大鍋，連成年人都裝得下。

…………

聽說是海岸，所以我原本期待有螃蟹。

是，我懂。用這個做，分量會太多，所以改用小鍋子吧。

雖說是小鍋，也夠裝進一個小孩了。幫攻略隊做飯，至少也要這種大小嘛。

就在我做準備時，高等精靈們突然說要蓋小屋。

畢竟料理有可能沾到沙子，這個主意不壞。

還想要更衣室和廁所對吧。我懂。

於是料理交給鬼人族女僕，我則去籌備小屋的材料。

我拜託格魯夫、達尬，還有其他蜥蜴人在周圍戒備，請半人蛇族和巨人族擔任護衛與我同行。附近的魔物與魔獸已經在清掃海岸時處理完畢，沒什麼危險。半人蛇族和巨人族還能幫忙搬運木材，這人選應該不壞。

特地把看見海洋後興高采烈的小黑子孫與座布團孩子叫回來也……在我身邊，還有小黑的子孫五隻和座布團的孩子十隻。牠們表示會盡忠職守，臉上充滿自信。嗯，反正又不是上街，應該沒關係吧。

瑞吉蕾芙也要同行是吧。可以喔。

始祖大人……記憶或許會恢復，所以要在附近散步？了解。

戈爾你們……露拜託你們看著烏爾莎他們是吧。抱歉，加油吧。

我進入附近的森林，用「萬能農具」製作木材。

應該湊齊高等精靈們要求的量了吧。不，比她們要得還多。我可能太專心了。

看樣子，我也因為參加迷宮探索而格外亢奮。讓腦袋稍微冷靜一下吧。

還有，半人蛇族、巨人族，抱歉給了你們多餘的工作。雖然過量的木材丟著也無妨，但是這樣有點浪費嘛。

我們拿著木材回到沙灘，發現那裡成了戰場。

首先我注意到的，是很有存在感的巨大螃蟹，甲殼寬度恐怕有五公尺以上。而且不止一隻，總共有五隻。

這五隻螃蟹待在淺灘上，面對背著座布團孩子的小黑子孫們。

高等精靈和山精靈……則進到海裡要繞到螃蟹背後……不對。我仔細一看，人魚與魚人等海洋種族浮在海面上。不是一兩人，應該有三十人以上，全都沒在游泳。看來是昏過去了。

高等精靈和山精靈努力讓這些海洋種族遠離螃蟹。喔，小黑的子孫們為了轉移螃蟹的注意力，所以才持續挑釁啊。

露和蒂雅怎麼樣了？儘管沒看見她們，應該不至於被放倒。而且她們會飛，不太可能溺水。大概是一開始就不在場。

戈爾他們……正在攔阻烏爾莎他們衝出去。

…………

我搞不太清楚是怎麼回事，不過看起來碰到了螃蟹襲擊，然後由留在沙灘的成員迎擊。

雖然不知道海洋種族出了什麼事……看起來還活著。有人施放了雷魔法嗎？我在這麼分析的同時，深切反省自己的見識太過淺薄。

沒料到會出現那麼大的螃蟹。該怎麼煮啊？

11 螃蟹

螃蟹。

在這之前，我吃的螃蟹都是透過戈隆商會從「夏沙多市鎮」採購而來。

我對味道沒什麼不滿。很好吃。

以前村裡喜歡吃螃蟹的人有限，最近大部分的人都會主動吃了。

對於那樣的螃蟹，我只有一個不滿。那就是採購的螃蟹種類。

螃蟹裝在大桶子裡運來，沒有經過分門別類。雖然我不知道牠們的名字，一看就知道種類不同。儘管如此，卻都用一個「螃蟹」統稱。

因此，就算告訴人家「我想要這種螃蟹」，對方也聽不懂，好幾次送來的螃蟹都和要求不同。

唉，雖然我都會吃就是了。而且很好吃。無法讓人家了解我對於螃蟹的堅持，實在很遺憾。

好啦，眼前有巨大螃蟹。

那個形狀，毫無疑問是楚蟹。雖然尺寸完全不一樣，不過牠是楚蟹。

會依照產地不同，而被稱為松葉蟹或越前蟹的楚蟹當然可以食用。

以前，每當冬季就會出現在超市，讓人在看到價格後就放棄的楚蟹。雖然尺寸完全不一樣，牠是楚蟹沒錯。

…………

大隻總比小隻好吧。嗯，沒問題。

於是我自然而然地雙手闔十，輕聲祈禱。

我開動了。

「村長……呃，這種事等打倒牠們再做比較……」

聽到一旁的半人蛇族提醒，我才回過神來。

對喔，一直發呆會讓螃蟹溜掉。我迅速下達指示。

「小黑的子孫們、座布團的孩子們，可以下水啦！」

聽到我的指示，小黑的子孫們與座布團的孩子們一同撲向螃蟹。

在這之前牠們之所以沒攻擊螃蟹，是因為我叮嚀過不要跑進海裡。

你們乖乖聽話固然令人高興，遭到襲擊的時候可以不用遵守喔。以後我會記得加上這條附註。

在小黑的子孫們與座布團的孩子們活躍之下，順利解決了五隻螃蟹。

我制止得太慢，五隻……………不，五道螃蟹都成了烤螃蟹……錯不在使用魔法的小黑子孫身上。安全第一，這也是難免。

反正我原本就打算拿幾隻來烤，應該高興省了力氣…………不行。火力太強，連裡面都變成炭，沒有任何部位能吃。

…………

嗯，沒事。只不過，我現在沒辦法低頭，眼睛流的汗會滴下來。

何況孩子們也在看，還會讓小黑的子孫們感到沮喪，所以不能哭。嗯，我會努力忍住。

…………

「村長、村長！」

鬼人族女僕之一出聲叫我。

似乎是海洋種族醒了。必須聽他們說發生了什麼……不是？海？

…………

螃蟹就在那裡。巨大楚蟹超過二十隻。

…………我臉頰上的淚水，想來不是悲傷的眼淚。

感謝上天又送來一批！

「呃，這種尺寸的螃蟹有毒，不要吃比較好……」

醒來的海洋種族這麼告訴我。

我跪倒在地。這是因為，為了煮這麼大的螃蟹，我已經在岩場挖好大坑，灌水並扔進烤熱的石頭。

神賜給我的「健康身體」或許連毒素都可以無視，然而就算是這樣，也不該吃人家已經講明有毒的東西。

更何況，只有我一個人吃也不行。真是遺憾。

「如果是比較小的……雖然小到一隻手就拿得起來，那種大小的就沒有毒，要抓嗎？附近多得是，很快就能抓到一堆喔。」

海洋種族這麼表示。

……和這些大螃蟹是同一種嗎？

「對。」

…………

我們把攻略「海岸迷宮」一事拋到腦後，享用起螃蟹料理。

嗯，抱歉。我真的把迷宮的事忘了。

一直到始祖大人回來才想起來。

Farming life in another world.

Final chapter

Presented by
Kinosuke Naito
Illustration by
Yasumo

〔終章〕

迷宮攻略

01.鐵之森林　02.沒怎麼使用的道路　03.超強魔物棲息的森林　04.加雷茨森林
05.強力魔物棲息的森林　06.戈恩森林　07.五號村　08.夏沙多市鎮
09.魔王國的主要街道　10.相對安全的平原

1 海之家

在海洋種族的建議下，小屋蓋在岩場。

如果蓋在一開始預定的沙灘，有可能被約半年一次的大潮淹沒。

小屋附近有河流，往河流上游走一小段路就是「海岸迷宮」所在的洞窟。蓋在這裡應該可以當成休息場所兼據點。

我專心聆聽海洋種族對洞窟的說明，但是高等精靈和山精靈們全都沒在聽。

「應付溼氣可以把地板架高……蟲子怎麼辦？防鼠板擋不住對吧？」

「岩場的蟲子，就算上下顛倒一樣抓得很牢呢～」

「因為腳的抓地力很強嘛。」

「這時候就要採用這種構造的防鼠板。」

「將杯子倒過來放的形狀？」

「岩場的蟲子無法後退，必須往前移動。換句話說，岩場的蟲如果想沿著這個杯子入侵，就得頭朝下前進……」

「不是說頭朝下也不會掉下來嗎？」

「對，不會掉下來。但是，假如前進時頭朝下，自身體重會導致牠們的腳容易抓不穩。然後，請摸摸看這個杯子的邊緣。」

「……弄得比較滑溜嗎？」

「對。這是某種特殊海藻搾出來的汁液。岩場的蟲子一旦爬到塗了這種汁液的邊緣，也只能乖乖摔下去。」

「原來如此。因為無法後退，所以會變成這樣啊。」

「只不過，如果杯子太淺，還是會冒出一些奮力爬過去的蟲，必須小心。要是一根柱子裝上複數個杯子，能進一步強化防護效果。」

熟悉岩場蟲子的海洋種族，正在提供他們關於建築結構的建議。

熱心研究是好事，不過我希望妳們也聽聽這邊講的東西。只靠我一個實在不太保險。

另外，座布團的孩子們輕輕鬆鬆就越過大家熱烈討論的倒杯型防鼠板，還跑來向我炫耀牠們連絲都用不到，於是我誇獎了牠們。很厲害喔～

海洋種族集體昏迷的原因不明。

他們感受到岸邊有強烈的殺氣……不是說沒有強大的魔物或魔獸嗎？巡視過周圍的格魯夫和達尬也表示沒碰上。

既然如此，果然還是……

「誰用了雷魔法老實承認，我不會生氣。」

…………

沒人承認。我想不會有人瞞我，看來應該沒人使用雷魔法。

小黑的子孫們，不要有什麼出來頂罪的念頭。你們撒這種謊，我也不會高興喔。誠實為上。

嗯？座布團的孩子們舉起了腳。

怎麼啦？雖然沒用雷魔法，不過海洋種族昏迷是你們害的？嚇到他們了？哪有可能。你們這麼可愛，怎麼會把人家嚇昏呢？

何況若真是這樣，巨大螃蟹沒昏過去很奇怪吧？巨大螃蟹也昏了，只是馬上就醒過來？

這樣啊……既然你們都這麼說了，那我就當成是你們造成的影響吧。以後別再嚇人嘍。

……這算是種族特性，所以無可奈何？就算是這樣，也得保持不主動嚇人的心態。現在做不到，或許將來就做得到。懂了嗎？好，解散。

…………

如果剛剛那些都是真的，以前有不少人剛來村子就昏過去……該不會也是同樣的原因吧？

總而言之，我先對剛剛昏過去的海洋種族們道歉吧。

小屋完工。

待在有屋頂的地方比較能安心。

考慮到夏季會比較熱，牆壁採用可拆卸的形式。還有架高的地板，簡直就是海之家呢。廚房、廁所與淋浴間也一應俱全，看起來相當舒適。遺憾的是無法泡澡……用那個為了煮巨大螃蟹而挖的坑怎麼樣？那個坑預定提供給無法登上陸地的海洋種族們當作待命地點？之後還需要挖一條連到海的水道？

這是無妨……但這樣也就表示，為了泡澡需要挖一個新坑。加油吧。

話說回來，提供給無法登上陸地的海洋種族當作待命地點，是要等什麼啊？我可沒打算在這裡做生意喔。

呃，確實廚房設備該有的都有啦……

「這間小屋就交給我們維護吧。」

即使各位海洋種族自告奮勇也不行喔。我沒辦法安排廚師。

……這點不成問題？有多位海洋種族會做菜？在「夏沙多市鎮」學的？也有在「馬菈」海邊攤販幫忙的經驗？還窩在裝滿海水的桶子裡，去「五號村」學做拉麵？還真是不簡單，但不要太亂來啦。

然後呢……啊～原來如此。對自己的廚藝有自信，想要找個地方發揮嗎？不過，就種族來說要長時間離開海洋活動有困難，所以這種海邊店家很寶貴……唔嗯。

既然能自己準備廚師，那就另當別論。如果我們這邊只負責提供食材，倒也不至於太麻煩。雖然地點有待商榷，拜託戈隆商會幫忙應該能定期運來吧。

既然如此，接下來就要考慮顧客……這裡會不會離城鎮太遠啊？以海洋種族為主要客群？如果是這樣……應該可行？
我這裡沒問題，不用慌。關於做生意這部分，必須得到魔王的許可。
我事前已經通知過他可能會建立據點，但是沒提到做生意這回事。雖然可能不需要，但是報告、聯絡和商量很重要。
我才剛說完，始祖大人就把魔王帶來了。
「有志氣要做生意值得嘉許。可是，你的廚藝有沒有跟上你的志氣呢？」
「確實，以我的技術要開店或許還早。但是，我希望能用料理讓大家開心！」
「呵！那就先試著取悅本魔王的舌頭吧。」
魔王一副美食家的口氣。雖然我們帶了食材過來，所以不成問題啦……
午餐吃螃蟹，這頓稍微早了點的晚餐則是咖哩和拉麵。
「這盤咖哩，味道比起在村裡和『馬菈』吃到的咖哩雖然差了幾截……但是不知道為什麼，我覺得這才是正確答案。」
因為在海邊吃的咖哩比較特別呀。不過，既然是在海邊，就多用點海洋食材嘛。像是螃蟹和蝦子之類的。
不，我什麼都沒說。
「這碗拉麵也是，味道和村裡吃到的明明差距大得沒辦法相比……卻讓人覺得很美味。」

在海邊吃的拉麵同樣比較特別呀。配料寒酸也是種特色。

…………

這樣雖然不壞，好歹用點海洋食材吧。又沒規定不能用。

不，我沒說話。

「漂亮！我允許你在這裡做生意！」

魔王給出許可，因此決定在這裡開店了。

恭喜啦，好好加油吧。

咦？不，店長是你喔，別推給我。付不起小屋的錢？不用付、不用付。也不需要上繳。

哈哈哈，不是對比例不滿意啦。只要支付採購食材的費用給我就好。而且這些費用允許以海產支付喔。中午抓的那種小螃蟹就很理想。用在倒杯型防鼠板上面的特殊海藻汁液也可以，因為高等精靈和山精靈很感興趣。喔，不用勉強。種類隨季節不同是理所當然，只不過不可以濫捕喔。

另外，雖然應該不會發生這種事，如果魔王要求你們撤離，希望你們可以乖乖照辦。畢竟這裡是魔王領嘛。

到時候，我會幫你們在別的地方蓋小屋。

雖然已經決定要用小屋做生意，目前這裡還是迷宮探索的據點。

我知道你們已經迫不及待，但是麻煩再忍一下。何況還需要運食材過來嘛。

可是，露、蒂雅以及魔王安排的冒險者還沒到嗎？會遲到好歹聯絡一下……

順帶一提，露和蒂雅是在巨大螃蟹和海洋種族來之前飛走的，說臨時有事要處理。有什麼事啊？

就在我思考這些時，小屋外傳來小黑子孫們的叫聲。似乎有人來了。

但是我往外一看，沒見到任何人。

嗯？啊，看到了。

那是蒂雅的魔像。因為個子很矮，所以沒注意到。

魔像揹著一個冒險者打扮的男子。男子雖然沒受傷，卻昏了過去。他是誰啊？啊，好像醒了，問問看吧。

「我、我是『米亞加魯德之斧』的寇庫斯。」

原來是戈爾他們認識的冒險者。

閒話　冒險者的災難

我的名字叫連坦，屬於「米亞加魯德之斧」這個在魔王國還算有點名氣的冒險者團隊。

我在團隊裡的角色是「肉盾」。主要任務是穿上重裝鎧甲、拿起特製盾牌，然後保護成員免受敵人攻擊。

只不過，重型鎧甲和特製盾牌導致我移動速度很慢，此外這身裝備也不適合長途跋涉，所以某些委託我無法參加。

當然，我也會不滿，可是沒辦法。身為「肉盾」的我，不適合尋人或採集藥草。就算想擔任商隊護衛，也有腳程太慢的問題。

如果人家肯讓我搭乘商隊馬車自然另當別論，但是商隊的人應該寧可多載些商品吧。假如我是商人，就會這麼做。

倘若問這樣的我擅長處理什麼委託，那當然就是防守據點了。

不過嘛，這種委託很少見，就算碰上了，其他成員大概也不會來吧。還有……我也擅長殿後。待在撤退集團的尾端，負責擋下追擊。嗯，這不是委託，而是擅長應付的狀況吧。而且，我也希望避免這種狀況。安全第一是我的信念。

某天，領隊召集「米亞加魯德之斧」的成員。包含他自己在內，總共十四人。

這並不稀奇。每次承接委託時，都會像這樣對全體成員說明，然後決定參加的人員。

我一邊暗暗希望是自己能參加的委託，一邊聽領隊說明委託內容……委託內容是前往某地方待個幾天，然後領取某樣東西返回，僅此而已。內容簡單到甚至算不上委託，對方卻開了很高的報酬。

我確認了兩次，好像沒搞錯。為什麼接得到這種委託啊？不，這委託到底有什麼內情啊？

大家都用充滿疑問的眼神看向領隊旁邊的寇庫斯，於是寇庫斯站到領隊前面聳聳肩說：

「這是指名委託。」

原來如此。換句話說，有不能拒絕的委託人指名我們。

若是這樣就沒辦法……但不能拒絕的委託人是誰啊？從委託人就可以看出這項委託有多麻煩。寇庫斯露出「想聽嗎？」的表情，於是我點點頭。

「我們那位坐鎮王都的冒險者公會會長。」

……這鐵定超麻煩的吧！

我使盡渾身解數試圖逃跑，領隊卻搶先一步攔在我前面。

「抱歉，所有人都要參加。有難同當。」

聽到領隊的宣言，寇庫斯之外的成員紛紛報以噓聲。

因為出發時間比預定得慢了許多，從王都到「夏沙多市鎮」的旅程很趕。不斷把逃跑的成員抓回來並說服，自然會拖延不少時間。

雖然我覺得丟下那些真的不想去的人也無妨，達成委託似乎需要夠多的人。因為行李很多嗎？

不少成員希望補強戰力，但是我們指望的獸人族少年似乎已經接下別的委託，因此回絕了邀請。他們的委託好像和貴族有關，沒辦法擅自離開。

唉，我們指望的獸人族少年，其實全都是貴族。

至於那些不指望的冒險者同伴呢，一聽到是冒險者公會的會長指名委託，全都跑光了。一群無情的傢伙。我決定不買土產送他們了。

於是，我們將希望放在「夏沙多市鎮」的冒險者公會。

雖然王都冒險者公會會長的惡評可能已經傳到「夏沙多市鎮」了，總會有些得意忘形……更正，總會有些喜歡冒險的人。這種人才是真正的冒險者。儘管王都找不到，我們相信「夏沙多市鎮」就有這種真正的冒險者。我們的口號只有一句話。

「多拖一個下水是一個！」

想笑我們差勁就笑吧。

「夏沙多市鎮」沒有真正的冒險者。該死。

咖哩還是一樣好吃。

我們又懷著些許希望，前去「五號村」的冒險者公會碰運氣，但還是不行。這裡倒和什麼真正的冒險者無關，而是冒險者們忙著處理「五號村」周邊的魔物和魔獸，所以沒人上鉤。

拉麵的味道也很不賴。正式吃法似乎是用筷子而非叉子，我是不是該學學怎麼用筷子啊？

依然在逃避現實的我們，為了處理委託而開始移動。

「就是這裡嗎？」

領隊向寇庫斯確認。

眼前是一片乾淨的海岸……這裡原來是這副模樣嗎？我以前在「夏沙多市鎮」活動了大約半年，當時曾經來過這一帶，印象中應該要再髒亂一點才對。

因此我還帶了相應的裝備過來……

「簡直像是為了迎接我們一樣，連道路都整備好了。」

其他人也點頭附和寇庫斯的看法。麻煩事的預感越來越強烈。

在「夏沙多市鎮」和「五號村」蒐集情報的結果，我們得知這附近似乎發現了新迷宮。這次委託會不會就和新迷宮有關呢？

…………

「總而言之，待在這邊讓人沒辦法靜下心來，進森林吧。」

委託內容是要在那片海岸待上數天，但是海岸能夠躲藏的地方太少，讓人無法安心。我也贊成往森林移動。

我們在森林裡建立了據點。

總而言之，先吃飯。在「夏沙多市鎮」補充的調味料大為活躍。好吃就是正義。

然後，我們決定輪流監視海岸。

雖然不曉得誰會帶東西過來，不過人家並沒有要我們出去迎接。這點程度的謹慎應該無妨吧。

於是迎來夜晚，然後是隔天早晨。
監視海岸的寇庫斯倒在地上。
咦？寇庫斯先是抖了一下，接著跳起來全力往我們這邊衝。
怎麼了？出什麼事了？不，我懂。
在我們冒險者要對付的魔物和魔獸裡，有些會讓人產生幻覺、睡著，或是強制使人昏迷。有種魔道具能夠應對這種狀況，一旦持有者陷入幻覺、睡眠或昏迷狀態時就會啟動，讓持有者恢復正常。缺點是價格昂貴、只能用一次，還有很痛。
寇庫斯含著眼淚以手勢要我們快逃。從他連喊叫都不敢就看得出來，情況似乎相當糟。
我馬上就明白到底有多糟。因為我攜帶的魔道具也啟動了。不是相當痛，而是非常非常痛。
然而，現在不是抱怨的時候。我把留在據點的行李全部丟下，落荒而逃。
我邊跑邊想：
我剛剛看見一頭很大的野獸——狼。不是普通的狼。我敢肯定，那是災害。
然後，狼背上的東西又是什麼？我想，八成就是那玩意兒導致我們陷入昏迷狀態。應該是「暈眩狂擊」吧。我所知道的魔物和魔獸裡，會這招的用手都數得完，全都是必須用上特定裝備應對的強敵。
載著那種東西的狼……應該能毀滅一座城鎮。

不妙。真的很不妙。

「夏沙多市鎮」和「五號村」就在附近。為了那兩個地方的居民著想，必須在這裡把狼和那玩意兒解決。做得到的話……但是沒辦法。

就算「米亞加魯德之斧」的每一個成員都全副武裝、嚴陣以待也做不到。我十分清楚，兩邊有壓倒性的力量差距。

這種讓人只想拋下一切逃離「死亡」的感覺，不曉得各位是否能夠了解。

然而我不想死。我還有心願未了。那就是結婚。我的小小夢想。我想要結婚，建立一個有很多孩子的家庭！雖然目前還沒有對象，我總會在某個地方找到。所以我不想死！

…………

有一件事忘了報告。背上載著強敵的狼……不止一組。

雖然我沒數，不過應該有十組以上。哈哈哈哈哈。

看樣子世界末日到了。但是我要活下去。再見了，我愛用的盾。再見了，我愛用的鎧甲。劍也不需要了！

「夏沙多市鎮」和「五號村」，哪邊戰力比較多？應該是「五號村」吧。那裡除了冒險者之外，警備隊的成員也訓練有素。其他成員看來也這麼想，所有人都朝「五號村」移動。

好，要逃掉！一定要逃掉！

然而絕望到來。寇庫斯往後看，發出了慘叫。居然犯下這種錯誤，真不像他。

往後看又能怎麼樣？我們只能專心往前跑，對吧？

儘管如此，人贏不了恐懼。我也往後看了。

…………

…………

有兩名女性在天上飛。她們的移動方向，就是我們這邊。嗯，我認得。我認得她們的長相。她們是吸血公主露露西，還有殲滅天使蒂雅。兩個都是名人。

比那些狼還要嚴重的災害。都是不能扯上關係的存在。

以前我只聽過名字，但是不曉得為什麼「夏沙多市鎮」和「五號村」有兩人的畫像，所以我認得。

這兩人都在追我們。從飛來的方向看，她們和那些狼有關係……不，驅使那些狼的應該就是露露西或蒂雅其中一個吧。

神真是殘酷啊。

逃亡的成員們默默看向彼此點了點頭。然後領隊大喊：

「散開逃跑！」

不管誰被逮到，都恨不了別人。

露和蒂雅在空中飛行。

「那些就是魔王安排的冒險者吧？為什麼要逃啊？」

「不知道。總之試著向他們搭話如何？露，拜託妳了。」
「好好好。喂～那邊的冒險者們～」
…………
對方回以慘叫。
「是不是露的聲音很恐怖啊？」
「怎麼可能啊。雖然不曉得發生什麼事，不過有點麻煩呢。要丟著不管嗎？」
「不管也可以……但計畫不會出問題嗎？」
「的確。那麼，只能把他們抓起來嘍。」
「是啊……唉呀，散開了。」
「都是因為妳看起來就想轟大範圍魔法啦。」
「我還以為沒詠唱就不會被發現……那就代表這批冒險者本事還不差吧？」
「看來如此。要比賽誰抓得比較多嗎？」
「呵呵，我可不會輸喔。」
「米亞加魯德之斧」的災難，才剛剛開始。

早晨。

露和蒂雅雙手遮臉跪坐在小屋一角。大概是覺得很丟臉吧。

她們忘了孩子們的事，整個晚上都在追著冒險者跑。

「嗚嗚，跑了一個……」

「我還以為全都抓到了……」

不對。好像是因為漏抓了一個而感到丟臉。

溜掉那一個向「五號村」警備隊提出警告，並且請求警備隊出動人手救援他的同伴。之後那人在酒館向未婚女性搭訕時被陽子指揮的警備隊逮到，剛剛才由比傑爾送來這裡。

另外十三名被露和蒂雅抓到的冒險者，則上前擁抱他表示歡迎。感情好的冒險者團隊真不錯。

這些冒險者自稱「米亞加魯德之斧」，也就是魔王安排發現短距離傳送門的冒險者團隊。戈爾他們在王都結識的冒險者，好像正是這批人。

可能就是因為這樣吧，這十三人……不，十四人始終不肯離開戈爾他們身邊。和認識的人待在一起比較安心，這點我能理解，但是成年人捏著小孩的衣服實在不太好看。

總而言之，吃早餐吧。

早餐後。

既然等待的人已經到齊，就來討論如何攻略「海岸迷宮」吧。

海洋種族會派出兩名人魚帶我們到入口，好像不會進迷宮。

剩下的海洋種族，則負責戒備小屋……還有做開店準備是吧。加油。

冒險者們也不會進迷宮。

他們似乎想留在這裡等…………不對，想回收留在森林中的行李。這是無妨，但是要戈爾他們奉陪就……戈爾他們主動表示要協助那些冒險者，因此我同意了。這樣就沒辦法。

兩名鬼人族女僕、五名半人蛇族以及三名巨人族也不進迷宮，會留在小屋待命。鬼人族女僕會在小屋為大家做飯，半人蛇族負責將吃的送進迷宮裡。

巨人族則因為不曉得迷宮會發生什麼事，等有需要時才會呼叫他們。

於是，進入「海岸迷宮」的成員如下：

我、露、蒂雅、格魯夫、達尬、蜥蜴人十名、莉亞與高等精靈五名、山精靈五名、瑞吉蕾芙，以及始祖大人。然後是烏爾莎、阿爾弗雷德與蒂潔爾，還有小黑的子孫三十隻與座布團的孩子約一百隻。

…………

出發前我覺得應該沒問題，不過到了正式挑戰就讓我有點擔心戰力不足。是不是該回村裡多帶些人來呢？

露和蒂雅說沒問題，所以維持現狀。不過，一旦有危險要立刻撤退，這點必須切記。

之前聽說「海岸迷宮」位於河川上游的某個洞窟裡面，不過河水是直接從洞窟內流出來，所以我們沿著河川移動。

洞窟入口附近需要點燈，但是進到洞窟裡面之後，牆壁卻開始發光，因此用不著燈火了。

「就是這裡吧。」

我們面前突然出現人造物體。神殿風格的牆壁，再配上巨大鐵門；門的左右兩側擺著凶惡的石像鬼雕像。

「嗯～這個石像鬼確實看得出有我的特色……可是，我想不起來。」

始祖大人陷入苦思，一旁的露指著石像鬼雕像底座的簽名給我看。

「魯瑪尼·布蘭·特蘭西瓦？」

這好像不是始祖大人的名字耶？是諸多名字之一？哦～

果然，這座迷宮是始祖大人建造的……不，可能只是建造者拜託始祖大人設置防盜用的石像鬼？無論如何，看來能確定始祖大人參與了建造。如果始祖大人想起迷宮的事，應該會讓這次攻略變得輕輕鬆鬆，有點可惜。

可是，是從哪邊判斷沒人突破這個迷宮的？

「石像鬼沒被破壞對吧？這東西，如果我沒猜錯……應該是有人碰了門就會啟動才對。」

說完，露就伸手摸門，凶惡的石像鬼開始有所動作。

「警告！不許任何人入侵！把手從門上拿開！」
露一把手抽回，石像鬼就恢復原狀。
「既然石像鬼還在，代表無人通過對吧？」
「話是這麼說沒錯……但是很奇怪。」
「奇怪？」
「設計成那樣，就誰都進不去。一般來說，應該會有口令或祕密開關……」
確實是這樣。
為了確認，我請始祖大人摸那扇門。
石像鬼的反應和剛才一樣，看來始祖大人也不行。
「想要開這扇門，看來只能破壞那些石像鬼之後再好好調查一番了呢。」
這樣啊。
我詢問始祖大人能不能破壞石像鬼。
「我已經不記得了，所以沒關係。而且做得也不怎麼好。」
他好像因為看到以前技術不成熟的作品而渾身不舒服，希望早點毀掉。雖然覺得有點浪費，不過安全第一。
於是我用「萬能農具」把石像鬼毀掉了。
…………

奇怪？為什麼大家都看著我？

「呃……啟動前有結界礙事，所以照理說無法破壞……別在意，我去調查門。」

拜託了。

露去調查門，我趁機詢問帶路的海洋種族。

「那個……既然河從門旁邊流過，下水之後再沿著河往上游移動，不就能到門的另一邊了嗎？」

「啊～這招啊，其實行不通喔。」

這裡似乎也有結界，沒辦法沿著河前進。

海洋種族為了證明這點，往上游丟石頭，石頭在途中像撞到牆壁一樣往下掉。那就是結界嗎？

「河水有流動，我想應該是允許從那邊過來的結界。」

原來如此，我明白了。謝謝。

不過，結界啊……

用「萬能農具」破壞結界前進也是個方法吧？就在我思考這些時，露已經將門打開了。用「萬能農具」破壞結界就當成最後手段吧。

我向帶路的海洋種族道謝，決定繼續前進。

通過門之後，洞窟的風景和先前沒什麼差別。

與河川平行的平緩道路往前延伸，不久我們就聽到了瀑布聲。

接著映入眼簾的，則是大水池與瀑布。
……怪了？死路？
不可能。門一定在某處……瀑布後面有門。藏得真隨便。
那扇門周圍……有很多留言耶。
「別開門，危險！」「別靠近！」「就算絕望也不可以打開這扇門！」
用詞嚴肅到讓人毛骨悚然。門後面很危險嗎？
「只是老套的威脅用語啦。」
露毫不在意，把手放到門上，門輕而易舉地開了。
前面等待我們的，是一個還算寬敞的房間，裡頭擺了一個大型惡魔雕像。
「村長，請小心。它和剛剛那些石像鬼是不同級別的東西。」
始祖大人提醒我。我不曉得兩者差異多大，只見那尊大型惡魔雕像眼睛發光這麼對我們說：
「前方乃『試煉房』，移動時要以三人為一組。」
接著一道光階梯隨即出現。

附錄：
被露和蒂雅抓住的十三名冒險者，歡迎他的到來。
看似領隊的男子，緊緊抱住被帶到此地的男子。

「我說啊，『肉盾』跑得最快，這點你有何看法？」

「呃……」

接著又有好幾個人圍住他。

「聽說你向女性搭訕是吧？很閒嘛。」

「你知道我們在這裡有多害怕嗎？」

「居然還喝了酒，代表你不打算加入救援團隊是吧？」

「囉嗦！假如你們逃掉了，還不是會幹一樣的事！更何況，看起來差一點就要成功的時候，警備隊就把我押走了，這種感覺你們懂嗎？先是有大人物出面，然後莫名其妙就被送回森林，你們明白我的心情嗎！」

「雖然不懂……但是我知道『差一點就要成功』是騙人的。」

「嗯，騙人的吧。」

…………

感情好的冒險者團隊真不錯。

3 試煉開始

露和蒂雅開始分析出現在我們面前的光階梯。

「這是用魔法製造的階梯。雖然看起來沒什麼機關……啊，這東西好像連小黑的子孫和座布團的孩子也會當成一個人計算。」

「看來很難以數量取勝呢。」

「是用來分散戰力的機關嗎？」

「如果是這樣，剛剛講了三人為一組，表示也有可能三個人上去之後，階梯就會消失。」

「是啊。如果會隨著時間重新出現倒還好，要是上去的三人沒回來就不再出現，那就頭痛了。」

「真麻煩耶。」

「不過嘛，也只是可能啦。剩下的要試過才知道……」

於是，決定由三個人先行探路。

我第一個被排除在外。我懂。

雖然到目前為止都是大家一起行動，我答應過要最後一個進迷宮了嘛。

我不會帶頭前進，當然孩子們也不行。這麼一來……
露、蒂雅與始祖大人應該比較保險？
就在我這麼想的時候，小黑的子孫們便叫了幾聲來強調自己的存在。牠們背上的座布團孩子們也是；格魯夫、達尬與山精靈們也不甘示弱。積極是很好，不過很危險喔。呃，我沒說不行啦……
最後決定抽籤。

座布團的孩子、座布團的孩子，以及座布團的孩子。
嗯……唉呀，數量上就是會這樣吧。沒問題嗎？自信滿滿呢。好，我知道了，那就拜託嘍。
上樓梯之後，先確認回不回得來。如果回不來，就留在原地待命。但是，別忘記要臨機應變。不可以像昨天一樣，遭到襲擊還乖乖聽話不下水。你們的安全才是第一優先。
就算被困住，我們也一定會去救你們，所以不要逞強。

座布團的孩子們登上階梯。
走了一段之後，牠們就在光芒的包圍下消失無蹤。只是被光遮住嗎？還是說，被傳送到某個地方了？我突然有點不安。
出乎露和蒂雅的意料，光階梯並未消失。我克制住想追上去的心情，等待座布團的孩子們回來。
…………

過了一段時間後，座布團的孩子們依舊沒回來，於是下一組登上階梯。

下一組是小黑的子孫、座布團的孩子，以及座布團的孩子。

和剛才一樣，牠們就像被光吸進去一般消失無蹤。不過，和剛才不同，能聽到小黑子孫的叫聲從上面傳來。

我事先拜託過牠，要是平安，上去就叫幾聲。聽到聲音讓我鬆了口氣。

可是，從這點看來，抽籤分組大概是個錯誤。該反省。

和第一組時不同，接下來各組登上階梯都沒有間隔太久。

雖說要求三人一組上階梯……但是沒有什麼其他的限制嗎？然後，因為沒有任何人回來，人數不斷減少……快要輪到孩子們了。

孩子們沒有抽籤，烏爾莎、阿爾弗雷德與蒂潔爾一組。我本來希望由兩個大人搭配一個小孩，不過讓孩子們湊在一起好像比較安全。

順序在我這組之前的孩子組開始移動……嗯？聽到了慘叫聲。

慘叫聲來自我們先前走過的路……也就是後方。

送食物過來的半人蛇族，途中碰上什麼麻煩了嗎？還是說……

還在現場的人頓時提高警覺。

然而，出現的是三名渾身溼透的高等精靈。她們那一組很早就出發了。

聽了三名高等精靈說明之後，大概是這種感覺：

「登上階梯後，有個大房間在這個正上方，先出發的人都在那邊等待。」

「階梯一走完就會消失，沒辦法回頭。」

「房間裡有河，連到隱藏此地入口的瀑布。」

唔嗯。

「房間雖大，不過後面的人紛紛上來之後還是會嫌太狹窄，所以我們在露大人的指示下向前進。」

我姑且還是將某種程度的指揮權交給前面的露、蒂雅、莉亞、格魯夫以及達尬他們了。就算有人先出發，我也不會生氣。

「好像有某種力量在確認登上階梯時的分組，有些地方不是一起登上階梯的三人就無法前進。」

「好幾處有試煉，我們在失敗後掉進河裡又跌落瀑布，於是回到這裡。」

也就是說，能夠回到這個地方吧。讓人安心不少。

所以說，那個試煉是怎麼樣？

「通過窄橋的『正途試煉』；要躲開飛來的泥巴球並且往前進的『清廉試煉』；沿路都是小房間，每個小房間裡都有很多扇門的『六角試煉』。」

「後面應該還有其他試煉，但是我們在『六角試煉』失敗了。」

「『六角試煉』的小房間是六角形，每一面牆都有門。」

「試煉內容是開門前進，尋找正確的路線。」

「這項試煉雖然能分頭行動……」

「我打開的小房間之一沒有地板，於是掉進河裡。」

「有一個人掉下去的瞬間，其他人所在房間的地板也會跟著消失，所以我們也掉進河裡了。同組的三人似乎有連帶關係。」

「雖然能在河裡游泳，但是不能上岸。好像有某種結界擋住。」

「掉到瀑布底下之後就可以上岸了……我想，大概是設計成一旦失敗就會跌落瀑布，藉此把人送回起點。」

原來如此。

這麼一來……生個火供大家取暖可能比較好。反正這裡有空氣流通，不需要擔心缺氧。

三名高等精靈之後，小黑的子孫們和座布團的孩子們也先後跌落瀑布歸來。唉呀，別那麼沮喪。沒事就好。

從跌落瀑布的成員那裡蒐集情報後，差不多該輪到我了。

我這一組的成員，則是瑞吉蕾芙和始祖大人。這同樣不是抽籤，而是討論後的結果。

在我這組之後，扣掉跌落瀑布歸來的成員，還剩下由小黑子孫與座布團孩子混編而成的三組，以及一名山精靈。

本來是為了保護後方，以及充當有個萬一時的聯絡人員，現在讓他們和跌落瀑布歸來的成員換手。

……怪了？孩子們呢？因為在我這組之前，所以先上去了？

……他們會在上面等吧？

……感覺不會。得快點追上去！

4 突破試煉

我、瑞吉蕾芙與始祖大人這一組登上階梯。

就如同高等精靈們所說的，是個很大的房間。

和預期得一樣，孩子們不在。相對地，有三隻座布團的孩子們留著。是最早登上階梯的那一組。

其他人都先走了，只有你們按照我說的留在這裡等啊？好乖、好乖。晚一點給你們獎勵。蒸馬鈴薯？可以啊，要吃多少都行喔。哈哈哈。

唉呀，不好。得追上孩子們才行。

你們打算怎麼辦？跟在我們後面戒備？知道了，背後就拜託嘍。

前進方向簡單易懂。就單純沿著河走而已。

往前走一小段路，便看見河上架有一座窄橋。這就是「正途試煉」嗎……

雖說是窄橋，不過也有個十五公分寬。簡單、簡單。

我領頭過橋，卻在途中聽到後方傳來很大的水聲。咦？

回頭一看，瑞吉蕾芙和始祖大人不見了。

…………咦？

兩人都掉進河裡，而且還溺水了？糟、糟糕！

我也跳進河裡……應該很危險。要是被溺水的人抱住，連我也會跟著溺水。

就在我這麼猶豫時，腳下的窄橋消失，我也掉進河裡了。這麼說來，好像有連帶責任是吧。

沒辦法，用衣服弄個救生圈吧。

正當我這麼想的時候，上游漂來像救生圈的東西。

偶然？不，沒聽跌落瀑布的人提到救生圈。

迷宮看見兩人溺水才送出來的嗎？還真親切耶。我游過去確保救生圈，然後拿給溺水的瑞吉蕾芙和始祖大人。

於是，我們三個人順流而下，就這麼回到下游。

後方的座布團孩子們儘管伸出絲線想把我拉起來，絲線被某種東西彈開碰不到我。謝謝你們。不用在意我們，自己往前進……座布團的孩子們跳下河追上我。

雖然令人開心，不過前方是瀑布喔。

嗯，跌落瀑布相當恐怖。

我請始祖大人用魔法幫忙烘乾身體和衣服，順便問兩人為什麼會落水。

「那裡設下很強的結界，我沒辦法飛。」

瑞吉蕾芙這麼表示，始祖大人也點頭附和。原來如此，不能飛啊。

…………

不，正常走應該不至於掉下去啊？

「非常抱歉。」

「不好意思。」

瑞吉蕾芙和始祖大人老實地道歉。看來兩人都不太習慣走窄橋。

呃……總而言之，別看腳邊，身體挺直，眼睛看前方。以那種寬度來說，這樣就過得了，加油吧。

我領著心不甘情不願的瑞吉蕾芙和始祖大人再次挑戰。

最先登上階梯的座布團孩子們跟在我們後面。下次就算我們掉進河裡，也不用追上來喔。別做些危險的事。

我們再次挑戰「正途試煉」。
嗯，我很努力了。
我明明說了身體要挺直，他們兩個卻都縮起身子。沒關係，我就再陪你們下一次瀑布吧。

好不容易通過「正途試煉」的我們，前方有「清廉試煉」等著。
一個鋪滿五十公分見方地磚的空間前方有扇門。應該走到門前就算過關吧。
不過，在牆邊列隊的那些惡魔雕像，手裡握著泥巴球。根據前人留下的訊息，似乎是踩到特定地磚，就會有泥巴球砸過來。
光是觸發泥巴球不算出局，被砸到才算。這裡似乎設計成被砸到之後，地磚就會消失，讓挑戰者掉進河裡。
這一關我很努力，只掉下去四次。
「直覺那麼差，居然還有臉當吸血鬼始祖啊？」
「某位天使族的小姐聲稱有腳印的地磚安全，看樣子不是呢。」
你們兩個，不要吵架。
接連要通過多門小房間的「六角試煉」。

先前聽說能分頭行動，但實際上是一個人通過之後，門就會消失。看來要強迫三人分開。不過，挑戰前可以站在略高的平臺上觀察小房間，所以只要掌握方向，應該就不至於太難。我只落水兩次。

「一開始就確認過了吧？右邊數來第三個房間沒有地板。」

「要怪你啟動了可疑的機關吧？被魔像追著跑，可是難得的經驗喔。」

你們兩個，不要吵架。

下一道試煉是……

走在我們前面的那幾組，有不少人待在這裡。高等精靈、山精靈、蜥蜴人、小黑的子孫，以及座布團的孩子。

露和孩子們不在，大概是繼續前進了吧。

這裡的人……看來不是在休息，而是正在挑戰試煉。

這是什麼樣的試煉啊？

「寂靜試煉」。

河旁邊有水池，各組只需要在這裡釣上一條魚就好。

明白了，釣魚就包在我身上吧。別看我這樣，我對釣魚可是熱愛到一有時間就會跑去釣呢。

技術…………唉呀，小事先擺一邊。

釣具和釣餌，迷宮都準備好了。反正沒有時間限制，只要撐到釣上就行了。好，加油吧。

…………

瑞吉蕾芙花了約五秒釣上一條二十公分的魚。

……………

釣上的魚要放掉，否則其他人沒辦法前進。

趕快前進？不，先等一下。讓我留下來再釣一會兒……我被瑞吉蕾芙和始祖大人拖走了。

晚點再回來吧。

前方還有其他試煉等著。

可是，我、瑞吉蕾芙與始祖大人果敢地挑戰。

會爭執。

「這裡要往右！」

「不對，往左！」

我覺得是正中間。

也會和好。

「謝謝。都是因為有你們在，才能來到這裡。」

「小事情，別在意。」

瑞吉蕾芙、始祖大人，雖然你們講得很高興，我們正在往下掉啊。

還會被大岩石追著跑。

唔哦哦哦哦哦哦！

「村長，觸發這項機關的是那個天使喔。」

「不是我，是你吧！少廢話，拖拖拉拉的會被壓扁喔！」

抱歉，觸發機關的是我！

不管碰上什麼樣的試煉，只要三人齊心總會有辦法。

「呵！很行嘛。」

「彼此彼此。」

瑞吉蕾芙和始祖大人，抱歉在你們握手表演青春戲碼時打岔，但你們知道我正在阻擋壓過來的牆壁嗎？如果你們能幫忙，我會很高興。

如此這般，我們一路向前。

順帶一提，不久前露和蒂雅那兩組才從我們旁邊的河川漂過。現在漂過去的，則是一臉不高興的烏

爾莎、阿爾弗雷德與蒂潔爾。雖然身上穿著衣服，三人都拿著救生圈，看來不用擔心溺水。瀑布比想像中還高，要小心喔～

目送格魯夫那組順流而下之後，我們又通過兩道試煉。

上天彷彿聽到我希望看見終點的心聲，前方有個很大的看板。

「最後試煉」。

呵呵呵，還真漫長。不過，到此為止了。

我、瑞吉蕾芙與始祖大人緩步前進。

…………

一片明亮。看來已經到洞外……是海灘。

離我們進入的地點好像有段距離？我對這裡沒什麼印象。

而且，還有一群人正在等我們。他們是誰？

…………

…………………

海灘雖然沒印象，我認得那群人裡面帶頭的。

他是以前在「夏沙多市鎮」和海洋種族起衝突時認識的海洋種族代表，上了年紀的男性人魚。

他看見我們之後，緩緩開口說：

「優秀的挑戰者們啊！真虧你們能來到這裡！不過，這道『最後試煉』！你們真的能突破嗎！」

於是，一盤海鮮料理端到我們面前。是章魚腳吧。嗯，好吃……咦？這個流程我有印象。

「海岸迷宮」好像是海洋種族管理的迷宮。喔，送救生圈給我們的原來是海洋種族啊？謝謝。

既然如此，一開始發現入口的海洋種族是怎麼回事？為我們帶路的海洋種族呢？該不會，這是騙我們過來的陷阱？

「不，單純不曉得那裡是這座迷宮的入口吧。畢竟海洋種族之中，只有在這裡的一小部分人知道迷宮的事。」

是這樣嗎？

只有族長知道迷宮的事並代代相傳？既然如此，其他人就算不知道也不足為奇吧。

可是，幾千年以來都沒人挑戰迷宮，只有「最後試煉」外流，成了解決爭執的方法？原來如此。

…………

換句話說，這座迷宮到底怎麼回事？

「關於這點，我們也不清楚。我們只是按照傳承管理而已。」

這也就是說……

「通過『最後試煉』的人可以前進。請往那邊走。」

老年男人魚所指的地點……淺灘上出現一道光之門。

我起先還懷疑，怎麼很像傳送門，結果真的是傳送門。門的另一邊有什麼在等著我們嗎……

…………

…………露他們大概會繼續挑戰，是不是可以在這裡等他們啊？不，我並不是覺得只有瑞吉蕾芙和始祖大人靠不住。單純覺得人多比較安心而已。

順帶一提，接著抵達的組別，是最先登上階梯那三隻座布團的孩子。

你們很厲害喔。

5 在冬天的海邊烤肉

進行「最後試煉」的海灘和迷宮內部，都不能使用始祖大人的傳送魔法。

如果能用傳送魔法，就可以回一開始的海灘拿食物了。我想讓座布團的孩子們吃蒸馬鈴薯，也想解決我們的吃飯問題。

半人蛇族雖然會幫忙送進迷宮，但只到瀑布那邊，所以在這裡等吃不到。通過迷宮的人，身上應該也不會帶食物。

太陽高掛空中，現在吃晚餐雖然還太早，但是冬天的太陽很快就會下山。差不多該做準備了……

眼前有海洋種族，只能拜託他們幫忙了吧。

不，慢著、慢著。海洋種族要怎麼移動？我試著詢問年輕的人魚男性。

「只要利用海洋就可以自由往來喔。」

原來如此。

知道我們集合的海灘在哪裡嗎？

「迷宮入口所在的河川附近對吧。」

哦哦，你知道啊。那麼，如果做個木筏還什麼的，你們能幫忙運東西過來嗎？

「這倒是無妨……不過請看那邊。」

我往年輕人魚男性示意的方向望去，看見三名半人蛇族坐在由海洋種族拖行的小舟上。

「因為您說要在這裡等，我們就聯絡那邊了……給您添麻煩了嗎？」

不，謝謝。

雖然幫了大忙……拖著那艘小舟的海洋種族，是待在一開始那片海灘的海洋種族對吧？這樣行嗎？

不是說只有族長能知道迷宮的事並傳承下去嗎？

「話是這麼說沒錯，然而只靠各族族長沒辦法管理……何況我也不是族長，卻還是待在這裡呀。」

呃……

「說穿了，這項傳承也不是什麼機密，只要問了就告訴你。不過，聽完之後會像我這樣被抓來幫忙管理。」

也就是說，那些拖著小舟的海洋種族……

「以後也會來幫忙吧。唉呀～人手增加應該會變得輕鬆一點，真開心。」

這、這個嘛，海洋種族的事就交給海洋種族解決吧。我不插嘴。

不過，有一件事我得先說。

請放過那些要在另一邊做生意的人。因為他們很認真。

半人蛇族帶來的不是做好的餐點，而是廚具和食材。

「女僕們說，既然村長有空，那麼拿這些東西過來，村長應該會比較高興。」

原來如此。謝謝妳們。

有這些廚具和食材，要做些費工的料理也行，不過這裡是海灘……那就烤肉吧。

海洋種族，海產就拜託嘍。我們這邊會提供肉和蔬菜。要參加當然歡迎。

有鐵板和麵，那就做個炒麵吧。

昨天晚上只有咖哩和拉麵，總覺得還少了點什麼呢。

說到海之家，就該有配料不多的炒麵。

…………

既然有很多海產，那就弄個海鮮炒麵吧。嗯，好吃就是正義。

唉呀，不能忘記還要幫座布團的孩子們蒸馬鈴薯，順便烤些玉米。當然更不能忘記最重要的烤肉。串起來應該比較不會弄髒手吧。總之，先照人數……哦！三隻小黑的子孫抵達了。好乖、好乖。但是，不能掉以輕心喔。還有「最後試煉」。海洋種族，交給你們啦。

咦？用這些烤肉就好？

……既然你們認為可以，那倒是無妨……可是這樣好嗎？這是代代相傳的儀式吧？啊，嗯，好吃就是正義。雖然算不上試煉了。

於是我們待在海灘享受烤肉的樂趣，直到抵達的人夠多。真可惜現在是冬天。

太陽完全下山了。

靠著瑞吉蕾芙和始祖大人的照明魔法，周遭一點也不暗。

魔法照到的有……我、瑞吉蕾芙、始祖大人、座布團的孩子十七隻、小黑的子孫十六隻，還有格魯夫、高等精靈以及山精靈。

以上就是通過迷宮的精銳。

海洋種族與其他沒通過的人為我們鼓掌。

沒能通過的人之所以出現在這裡，都要感謝海洋種族的努力。他們用小舟把人從一開始的沙灘送來這裡。

那些沒過關的小黑子孫與座布團孩子，顯得悶悶不樂。唉呀，只是運氣不好而已啦。

露、蒂雅和莉亞這三組也很可惜。下次就能過了啦。

達尬那組……喔，沒通過「大岩試煉」嗎？那一關很難呢。

然後，烏爾莎、阿爾弗雷德、蒂潔爾，你們一臉明天還要再來挑戰的表情耶。不過，有沒有時間挑戰，必須視傳送門另一邊的情況而定。就算沒辦法挑戰，也別生氣喔。

淺灘上的傳送門……海水已經退了，此刻門在沙灘上。

看樣子不用被海水打溼就能進門。

順帶一提，想要走進這道傳送門似乎不用通過迷宮，所以露、蒂雅和莉亞都會同行。

烏爾莎他們三個因為沒通過迷宮，所以不想一起去。我很喜歡這種乾脆的態度，所以答應了。你們就在一開始的沙灘等吧。抱歉，達尬，麻煩你護衛烏爾莎他們。

順帶一提，小黑的子孫們和座布團的孩子們，只有通過迷宮的跟著移動。剩下的，希望你們能在我們回來之前保護好一開始的海灘。

那麼，出發。

要過傳送門嘍。

…………啊，我不能帶頭是吧。了解。

6 自歷史

通過傳送門之後，我們來到一個很大的地下洞窟。牆壁、地板和天花板都裝有光石，一點也不暗，甚至可以說亮過頭了。

也因為如此，得以凸顯地下洞窟有多大。高度大約有五十公尺，至於寬度……比較窄的地方大概也有個八百公尺左右，深度則不清楚。因為這裡蓋了一棟西洋風格的豪宅，導致這麼大的地下洞窟也顯得狹窄。

真令人吃驚。比我在村裡的宅邸還大。站在豪宅外牆的門前，甚至看不見左右兩端。

不過，這間屋子因為窗戶很少，感覺不太自然。而且，仔細一看就能發現它經過多次增建。

即使如此，因為到處都看得到金銀雕飾，依舊無損它的奢華氣息。用上這麼多貴金屬，一般來說會顯得俗氣，但這間屋子不會……甚至有股壓迫感。

始祖大人，想起什麼了嗎？呃，不需要道歉啦。

始祖大人在挑戰迷宮時，也一直努力試著回想。雖說他使用魔法來消除記憶，卻不代表這麼做會將腦袋變成一片空白。

始祖大人好像只是將不需要的記憶封印，讓自己想不起來，因此一旦出現夠強烈的契機，就能使記憶復甦。雖然我希望你努力，但是別太勉強。何況露也會擔心。

好啦，既然在門前等待也沒發生任何事，那就只能進門了。

幸好門沒鎖。我說了聲「打擾嘍」之後，便闖進這間豪宅的領域之內。

我們沿路欣賞寬廣的庭院，最後抵達宅邸門前。露提起門環敲了三下。

……

…………

沒有反應。不在嗎？還是說，這裡沒人住？

我聽海洋種族說，他們接下「海岸迷宮」的管理工作差不多是在三千年前……要是人死在裡面可就不好了。沒帶孩子們來應該是個正確的選擇吧。

露出聲喊道：

「不好意思，我帶通過迷宮試煉的人來了。」

……

由於沒反應，所以露將門打開。看來這扇門也沒鎖。

小黑的子孫和座布團的孩子們先進門。從小黑子孫的叫聲聽起來，應該沒問題。

屋裡是……很寬敞的大廳，地面鋪著柔軟的地毯。

有魔法照明……偵測到小黑的子孫們進來才點亮嗎？從這種魔法照明點亮的方式，看得出有既定路線。明明看得出來，為什麼前面的露要往別處走啊？

「這種設計擺明了是陷阱吧？」

看來「海岸迷宮」的經歷，使得露變得疑神疑鬼。我不是不明白妳的心情，但我們再怎麼說也是擅自闖進別人家裡，還是按照路線走吧。

在我的說服下，大家順著魔法照明指示的路線移動。可能是因為增建的關係，沒什麼筆直的通道。一下往右，一下往左，很難掌握方向。窗戶少是為了影響訪客的方向感嗎？

難道真的像露提防得一樣是陷阱？如果魔法照明現在消失，我還真沒把握能回到玄關。

就在我有些不安時，座布團的孩子告訴我，牠們從玄關沿路拉著絲線過來。真是厲害。啊，小黑的子孫們也能靠氣味回去是嗎？很好、很好。

我好像白擔心了。魔法照明沒消失，我們來到一道大而豪華的門前面。

有人在這裡嗎？希望有。不在也可以，拜託不要是屍體。

露敲了三下門，等待回應……然後將門稍微打開，讓小黑的子孫們和座布團的孩子們進去。

…………

其中一隻小黑的子孫回來，一臉困惑地看著我。出了什麼事嗎？

房間裡……我就直說吧，亂得像倉庫。

明明是個很大的房間，堆得到處都是的書使得空間變得很狹窄。書堆後面隱約能看見書櫃，所以這個房間的主人興趣是蒐集書本？如果是這樣，管理又太隨便了。這人把書讀過一次，就會失去興趣嗎？

在回來的小黑子孫帶領下，我進到房間深處……眼前有張看似該出現在書房的桌子，一名女性坐在桌前振筆疾書。

看上去是位三十來歲的美女……………吧？我之所以使用疑問語氣，是因為她的穿著很隨性……或者該說，她只有在看似睡衣的單薄服裝外頭披上一件類似褞袍的衣物，頭髮也只有用毛巾隨便包一包，完全是居家穿著，讓人難以判斷。

她寫得很專心，即使小黑的子孫們在周圍叫，也完全沒理會。始祖大人，你認識她嗎？

「不，完全沒印象。」

還是不行嗎。

總而言之，我想直接問她本人……但是該怎麼做？

露出聲喊她也不管用。雖然原本考慮搖晃她的肩膀，好像有某種結界擋著，所以碰不到她。用魔法放大始祖大人的聲音讓他來喊也不行。唉，畢竟連小黑子孫們的叫聲都沒用嘛。

這下頭痛了。就在我們煩惱時，房間側面的另一扇門開了。

起先大家還充滿戒心，結果進來的是……嗯？一名嬌小的女性？從服裝看來是女僕？

她沒注意到我們，嘴裡唸唸有詞地走了幾步……接著在發現我們後愣住了。

呃……女僕慌慌張張地走到寫作女子身旁，拿起桌邊櫃上的杯子就往女子頭上倒。

「好燙、好燙、好燙啊啊啊啊啊啊啊啊啊啊！」

杯子裡似乎是熱茶，女子倒在地上打滾。

茶滲進頭上包的毛巾，讓她一時之間無法擺脫熱度。好不容易拿掉毛巾之後，女子便起身揪住女僕胸口。

「妳啊，我都講過多少次了，不要再用這種方法！我宰了妳喔！」

「非常抱歉。可是，那個……好像有客人……」

「客人？」

女子好像終於注意到我們了。然後，也注意到自己的服裝了。

她乾笑著離開房間。女僕請我們稍等，隨即跟著女子離開。

「沒想到居然有人能通過試煉來到這裡！值得嘉獎！」

眼前這位身穿黑色禮服的美女，與剛才判若兩人。那個看似三十來歲的美女，現在成了二十歲出頭的美女。女性打扮前後兩個樣是真的。

啊，頭髮還有點翹，看來打理得還不夠完美。女僕小姐很努力地在她背後幫忙梳頭。

總而言之……她露出「麻煩來個人發問」的眼神，看來輪到我出場了。

那麼，恕我冒昧。

「我們來自『大樹村』，我是村長火樂。在這裡的是……村裡的居民。」

嚴格說來始祖大人不算，不過那種小事之後再說。

「我們只是聽說有個尚未突破的迷宮才來挑戰，並不清楚妳的身分。能不能麻煩妳告訴我們，那座迷宮究竟為何存在，而妳又是什麼人呢？」

「唔嗯，原來如此。記得上次使用那道門是，呃……大約三千年前？」

女子向背後的女僕確認，然而女僕搖搖頭表示不知道。

「我來伺候您是兩千年前的事。」

時間尺度真大。

「對喔。那我就報上姓名吧。我的名字叫薇爾莎，侍奉魔神（萊基耶爾）的三十七位軍團長（Legatus legionis）之一。惡魔族的薇爾莎・米菈・特蘭西瓦，站在那邊的魯瑪尼之妻。」

站在那邊的魯瑪尼？誰？自稱薇爾莎的女子看著……始祖大人？

這麼說來，石像鬼底座上的簽名——魯瑪尼・布蘭・特蘭西瓦！始祖大人的諸多名字之一！

咦？始祖大人有太太嗎！

我們驚訝地看向始祖大人，然而始祖大人一臉疑惑。

「我不記得了。」

「我就知道！」

薇爾莎的高速飛踢正中始祖大人的臉。

女僕的防禦真是漂亮，沒讓裙襬翻得太高。

7 黑歷史

始祖大人有太太，實在令人驚訝。不過驚訝歸驚訝……

「我不記得了。」

始祖大人儘管挨了一記那麼狠的飛踢，卻完全想不起來。

彼此往來那麼久，有些話我實在不太願意說出口，可是……連自己的太太都忘掉是怎樣啊？這未免太過分了。始祖大人在我心中的股價不斷下跌。

不過先等一等。那個始祖大人會忘記自己的太太嗎？也有可能全都是薇爾莎的妄想吧？

「呵！我也不認為這點程度的痛楚，就能讓他想起來。不過，沒想到會有人以為我在說謊。愛梅，拿紙筆給魯瑪尼以外的人。」

愛梅似乎是女僕的名字。

女僕將紙和筆遞給我們。紙質很不錯呢。筆是羽毛筆，墨水壺也是一人一個。需要寫什麼東西嗎？啊，女僕小姐，小黑的子孫們和座布團的孩子們沒辦法……咦？你們會寫字？嗯，畢竟你們聰明到會釣魚嘛。好，加油吧。

女僕將紙筆發給我們之後向薇爾莎報告，接著薇爾莎朗聲宣告：

「從現在起，我允許你們記錄我說的話。」

也就是說，要我們記錄薇爾莎接下來所說的話？

「對，不強迫。有興趣的人做紀錄就好。地獄狼們不用勉強喔。惡魔蜘蛛……看來你們用上絲線就能寫字了呢。呵呵呵，很可愛嘛。」

會說座布團的孩子們可愛，看來她是個好人。

薇爾莎清了清喉嚨，然後擺出用一隻手遮住半邊臉的姿勢。

「唔唔……寄宿在我右眼裡的『破壞之王』蠢蠢欲動。鎮定點，時候未到。想違背黑之契約嗎？」

咦？

「嘖！這回輪到寄宿在左臂裡的『虛無女神』醒了嗎……真愛撒嬌。然而，還不能放妳出來，繼續沉睡吧。」

呃……

「我將前往死地。我明白。你會等我吧……呵！不愧是我的羽翼。」

這是什麼啊？

我看向周圍……始祖大人顯得很痛苦。

「住、住手！別這樣！我的頭啊啊啊！」

原來如此。看來，這些應該是始祖大人的語錄吧。

哦～始祖大人也曾有說這種話的時期啊？而且，看來薇爾莎要用這些臺詞喚醒他的記憶。

從始祖大人的反應看來，成功的可能性很高……呃，始祖大人已經在地上打滾了，薇爾莎依舊沒停下。看來要持續到記憶恢復為止，還真狠啊。

話說回來，露。為什麼連妳也在地上打滾？遭到流彈波及……真是令人意外的一面。

順帶一提，除了我、露與瑞吉蕾芙之外，所有人都把薇爾莎說的那些話一字不漏地記了下來。大概是認為逮到始祖大人的弱點了吧。不可以濫用喔。

瑞吉蕾芙之所以沒記錄，是因為忙著捧腹大笑。她笑得非常誇張。這也是令人意外的一面呢。啊，笑到換氣過度了。抱歉，女僕小姐。麻煩幫幫忙。

「妳那頭宛如火焰的紅髮好美，能否讓我獨占這片美景呢？無妨，用不著世間的祝福。因為這片星空會祝福我們——這是魯瑪尼向我求婚時說的話。」

薇爾莎對我們微笑，臉上掛著「總算講完了」的表情。似乎結束了。

始祖大人和露都趴在地上不動。看來打擊很大。

瑞吉蕾芙剛剛面臨生命危險，因此不在房間裡。她恐怕已經把這輩子的份都笑完了。

「我……我想起來了，薇爾莎……」

啊，始祖大人復活了。一如薇爾莎所料，看來他的記憶恢復了。

「妳居然讓我這麼丟臉。」

「要我開始講第二部也行喔？」

「……把妳忘掉實在非常抱歉。」

「呵呵呵呵，這是你忘記妻子應受的懲罰。」

從兩人的對話看來，薇爾莎真的是始祖大人的太太。始祖大人在我心中的股價暴跌。怎麼可以抹消關於太太的記憶啊？

可能是注意到我的目光吧，始祖大人向大家這麼說：

「關於我為什麼會忘記她，請容我解釋。」

說來聽聽吧。

「不過，說明這些會碰上不少干擾，很難對在場所有人解釋。因此，我想先對村長說明，讓村長理解我的苦衷。等村長理解之後，希望其他人也能接受。」

只對我說明？嗯，這倒是無妨……

我正準備走近始祖大人聽他說明，他卻舉手制止我。

「不可以再靠近我。村長就這樣往正後方……對，請你從那面牆上的書櫃裡，抽一本書出來。任何一本都行。請你翻開書本，在其他人都看不見的地方挑幾行閱讀。切記，絕對不可以唸出來。」

始祖大人的語氣非常嚴肅，因此我也抱著嚴肅的心態遵從指示。

可是，我手裡這本只是普通的書耶？要我挑幾行讀？任何一段都可以嗎？似乎可以，因此我翻開書本隨便挑了一頁來讀。

…………嗯？

……………

我把書放下，翻開另一本。

……………

始祖大人大概從我的表情看出怎麼回事了吧，他對薇爾莎開口說：

「村長手裡的書是什麼？」

「當然是我的嘔心瀝血之作。」

原來如此。

「村長，你明白了吧？不，就算還不夠清楚也無妨。很抱歉，能不能請女性成員先離開這個房間？接下來我所說的話，帶有會傳染的毒。」

始祖大人都這麼說了，請大家暫時離開房間。啊，麻煩把倒地的露也帶走。

至於格魯夫……始祖大人說不要聽比較好，所以他也出去了。既然不要聽比較好，為什麼還要讓我聽啊……

這個房間只剩下我、始祖大人、小黑的子孫們、座布團的孩子們，以及薇爾莎和女僕。

始祖大人確認門已經完全關上後大喊：

「村長！這個房間……不，這間屋子裡的書全都是薇爾莎寫的！內容和你剛才讀的都是同一類！」

「說同一類也太粗略了。還有更細的分類喔。」

「囉嗦！這些不全都是男人和男人搞在一起的書嗎！」

咦？這裡的全部都是？真厲害耶。

不過……

「我知道！我知道有這種書存在，也沒有瞧不起它們的意思。我承認！它是不折不扣的文學！還有，我也不會阻止妳寫！寫得出這麼多也是種才能，妳的熱情令我敬佩！」

啊，原來忘掉太太的理由不是這些書呢。

「讓我在書裡登場也可以原諒。雖然我完全無法理解什麼受啊攻啊，沒辦法說哪一種比較好，不過想怎麼寫隨妳高興。」

咦？把丈夫寫進這種書裡？如果是我可就受不了，始祖大人居然能原諒這點，心胸應該十分寬大。

「然而！沒錯，然而！妳居然真的找個男人要我和他搞在一起，這實在不能忍！你明白嗎，村長！她只因為剛好有個王子長得不錯，就把人家誘拐回來，帶到我面前講什麼懦弱攻轉誘受之類的話，妳明白我聽到這些話的心情嗎！想把這些忘掉難道也算是罪嗎！」

「我認為奉陪妻子的興趣，也是丈夫的義務。」

「凡事都有限度！在那之後，我好不容易才拒絕，並且把王子送回他的祖國，結果不但多出七本拿我和王子私奔當題材的書，她還綁了另一個王子給我，同時告訴我不同類型的王子也不錯！誰能怪我想把一切都忘掉踏上旅途啊！」

…………

雖然我沒辦法說自己已經完全理解整件事……不過我在此宣判！

始祖大人無罪！始祖大人的股價恢復！

太好了，始祖大人不是那種會讓太太流淚的人！

「村長，這種悲傷不能散播。這裡的書都是禁書，禁止閱覽也禁止外借。不，我希望你告訴村民，連感興趣都不可以。」

我答應你。

於是我再次這麼想——幸好沒帶孩子們來這裡。

8 「海岸迷宮」存在的理由

有什麼興趣是個人自由，沒人會限制。

可是，不該給別人添麻煩。

「我也反省過了，不會再誘拐別人。」

這是理所當然。妳怎麼講得好像自己是在行善積德？

恕我直言，始祖大人為什麼會和薇爾莎結婚啊？

「因為她如果不扯上興趣就很優秀，以妻子來說沒什麼問題，又能接受我的興趣……」

始祖大人的興趣？

「魯瑪尼非常喜歡神。當初他會接近我，也是因為想聽魔神的事。」
這件事成了契機，你們因此交往、結婚？
「剛結婚時，薇爾莎只是個普通的文學愛好者。不知不覺就變成那樣了……」
思慮出神的始祖大人大概累了，隨便搬了張椅子坐下。
薇爾莎見狀也幫我弄了張椅子，並且把房間外的女僕叫進來。
「幫魯瑪尼、火樂，還有我上茶。地獄狼和惡魔蜘蛛要喝嗎？」
小黑的子孫們和座布團的孩子們表示不用。
「這樣啊。想喝的話，隨時告訴我。」
嗯，確實人挺好的。

我、始祖大人與薇爾莎圍桌而坐。
女僕小姐拿了三人份的茶具過來，為我們倒紅茶。
「別怠慢在其他房間等待的人。」
「我已經讓柯莉和哈金過去了。」
女僕小姐這麼說完，將蛋糕擺在我們面前。
我還是第一次在外面吃到人家招待的蛋糕。
……咦？這味道是？

我看向女僕小姐，於是她為我說明：

「這蛋糕來自最近蔚為話題的『五號村』某家店。我硬是要求他們讓我外帶，然後用魔法保存帶回來。和在店裡吃到的相比，味道或許稍微差了點，還請見諒。」

呃……

「您不喜歡吃甜食嗎？」

不，並不是這樣……

就在我煩惱該怎麼說的時候，始祖大人代我回答女僕：

「他是『大樹村』的村長，但同時也是『五號村』的村長。而且，賣這蛋糕的店『小黑與小雪』，店長也是他。」

「唉呀，原來是這樣嗎？雖說事前不知情，不過我這麼做終究有失禮數，還請恕罪。」

不，我沒有不高興啦。改天我和代理店長說一聲吧。

「您說的代理店長，是姬涅絲塔小姐嗎？她同時也是『五號村鐵牛軍』的監督對吧？」

是這樣沒錯，妳還真清楚呢。

「因為我常去『小黑與小雪』。」

唉呀呀，感謝您的惠顧。

…………

常去？這麼說來，這裡是哪裡啊？

薇爾莎為我解答：

「差不多就在你們通過的迷宮正下方，大約相差一座山的深度吧。」

一座山……大約五百公尺？還真深呢。

女僕小姐也是從那道傳送門前往「五號村」的嗎？

「不，正門那道傳送門是迷宮用的。這裡設置了外出用的其他傳送門，我走的是那邊。」

女僕小姐補充。

原來如此。所以才能常去啊。

…………

薇爾莎也會去嗎？該不會，這裡的書會賣到「五號村」……

「這倒是不會。」

否定的並非本人，而是始祖大人。

「因為薇爾莎無法離開這裡。」

這又是為什麼？被封印嗎？

「不，因為她極度排斥出門。」

「外出什麼的……根本莫名其妙吧？」

…………這樣行嗎？

順帶一提，過去的誘拐案，她好像都是派部下去做。

「更何況，她不會販賣自己的書。因為她都把作品當成自己的孩子疼愛。儘管這點算是不幸中的大幸，可是……」

還有可是？

「如果有人提出要求，她就會大方地讓人家看。」

呃……該不會，始祖大人就是為了不讓人接近薇爾莎，才建立那座迷宮吧？

「不，那座迷宮有其他目的。實際上，薇爾莎有職責在身。」

職責？

「呵呵呵，別看我這樣，我可是掌管『知識』的惡魔喔。」

薇爾莎站起身，擺了個帥氣的姿勢。

「簡單來說……誕生在這個世界上的魔物與魔獸種族，是由她來取名。」

…………

也就是說，賦予小黑牠們「地獄狼」這個種族名稱的就是薇爾莎？

「正是。」

薇爾莎得意地點點頭。

「當然了，我可不會靠獨斷和偏見來命名喔。我在命名時也會考慮周圍的人可能怎麼稱呼，所以安心吧。」

安心？可以安心嗎？唉，總比隨便亂取名好吧。

可是，取名就算了，要怎麼讓外界知道啊？薇爾莎向來不出門吧？

「這就要用到書了。」

女僕小姐拿了一本很大的書給我看。

「這一本是主本（Master），另外還有數百本叫做仿本（Imitation）的。只要在主本裡寫上新內容，仿本也會跟著追加相同的內容。」

啊，就像以前和「夏沙多市鎮」的米優聯絡用的紙張魔道具那樣嗎？

原理我大致上明白了，不過……

這麼大一本書，我好像在哪裡見過……不，不是這種尺寸，還要再小一點。

「海賽兒娜可拿著的那本書吧。」

聽到始祖大人這麼說我才想起來。

沒錯，海賽兒來村裡時帶的那本厚書。她告訴我，那本書裡寫著小黑是諸王統領，小雪是諸王統領之妻。

原來那就是仿本啊。

「沒有仿本的人，會為了追求魔物與魔獸的知識來拜訪薇爾莎……不過，某次來訪的人數實在超過限度了。」

「於是魯瑪尼為我打造迷宮。他將迷宮設計成會給予訪客試煉，唯有通過試煉才能得到知識。」

原來如此，那座迷宮是始祖大人設計的啊。

「出主意出力氣的並不是只有我。畢竟追求知識的人大多算不上強壯，所以安全性和調整難易度讓我費了不少力氣。」

這回算是被始祖大人的調整給救了呢。

「多虧那座試煉迷宮，上門求取知識的人變少了，但是想要薇爾莎著作的人依舊會跑來。那些書雖然禁止外借，但是允許抄寫，因此大概已經有一部分外流了。不過，那差不多已是三千年前的事了。」

「魯瑪尼離家出走時，在迷宮入口擺了石像鬼，從此以後再也沒人上門，讓我有點寂寞。」

「哦…………石像鬼一直保持原狀，妳就沒想過要把它們毀掉嗎？」

「因為那也是魯瑪尼做的嘛。我不忍心毀掉它們。」

「……這樣啊。」

…………

呃……很抱歉我毫不客氣地拆了它們。

9 歸還

我、小黑的子孫們與座布團的孩子們，往露她們所在的房間移動。

嗯，這個房間也是滿滿的書，大家好不容易才找到些許空間休息。

還好，露似乎也已經復活了。瑞吉蕾芙……大概還不行吧。她好像一受到刺激就會笑出來，所以我決定先丟著她不管。

房間裡有兩名陌生女僕，她們應該就是柯莉和哈金吧。她們兩個的女僕裝比較樸素，因為還是見習生嗎？

喔，我已經在那邊喝過茶了，所以不用了。謝謝。

通過傳送門時已經是晚上，我想差不多該回去了。何況始祖大人不在，沒辦法透過傳送魔法移動，更應該早點動身。

始祖大人不在的理由？分別多年的夫妻有話要聊，我不太想打擾他們，因此先走一步，僅此而已。

「將短距離傳送門當成在這裡發現」之類的細節，我已經拜託始祖大人處理，也告訴過他要先回去，所以不需要擔心。

問題在於……如果海洋種族留在海灘等候也就罷了，如果沒辦法請他們幫忙，我們就只能進迷宮順流而下吧。基本上那座迷宮沒辦法倒著走，雖然不想弄得一身溼，但也無可奈何。

儘管我很想請大家開始移動，在那之前先看過來。

寫了始祖大人語錄的紙要回收，抱歉。

小黑的子孫們和座布團的孩子們也都很努力地記錄呢。了不起喔。

喔，不會燒掉。只是要慎重保管而已。畢竟那些東西不但是始祖大人的弱點，也能當成露的弱點。

這些東西，對芙蘿拉也有效嗎？無效？這樣啊，原來她還是現役。

不，我沒打算拿來做什麼壞事，放心。

再來，這間屋子裡的書，全都禁止帶走。所以，偷拿書的人請把書留下。

……看來沒人偷拿，那我就放心了。

那麼最後。

在這裡閱讀的書，內容禁止外傳。「沒有讀只有看」這種藉口沒用喔，哈哈哈。

為什麼有人慘叫？我不打算限制妳們的嗜好，但希望妳們不要給別人添麻煩。

啊，格魯夫。

不可以在女僕面前靠近我。始祖大人說，似乎會被當成哏喔。

咦？也有男人沒搞在一起的書？這本？

…………確實。沒有男性，也沒有女性。這是把無機物擬人化的童話嗎？

可是，我有不祥的預感，所以這本書的內容也不准外傳。

雖然我已經有弄得一身溼的心理準備，海灘上有許多海洋種族在等我們。

「看見您平安歸來，在下不勝欣喜。」

一名陌生的蜥蜴人男性……大概是海蜥蜴人，向我低下頭。

「在下受人魚長老所託在此等候。」

雖然令人高興，如果我們沒回來，你們打算怎麼辦？

我們回來之前會輪流待在這裡等？原來如此。呃……謝謝你們。

那位上了年紀的人魚男性……人魚長老在哪裡？在海之家吃飯？喜歡烤玉米？玉米的皮很容易卡在牙縫裡，吃起來或許會有點累。

「船在那裡。」

海蜥蜴人男性指向一艘頗大的船，似乎是從「夏沙多市鎮」借來的。

「接下來會是一趟短暫的水上旅程，還請多多指教。」

哪裡，我們才要請你多指教。

…………

「那個……請問有什麼事嗎？」

我想確認一下，你看見座布團的孩子們有什麼感想？

「咦？呃……我、我想，應該算是相當可愛……」

我就說嘛！

他們沒有昏過去，代表座布團孩子們說的種族特性或許是錯覺。何況薇爾莎和女僕小姐們也沒有表現出害怕的樣子嘛。嗯，一定是這樣。

咦？已經在烏爾莎他們那個海灘碰上座布團的孩子，而且昏迷過了？

…………嗯。

抵達烏爾莎他們等待的起始海灘。

烏爾莎他們還醒著，大概在思考怎麼攻略迷宮吧。我知道你們一心要通關，但是晚上要好好睡覺才行喔。

達尬，謝謝你護衛孩子們。留在這裡的小黑子孫們與座布團的孩子們，也謝謝你們。

戈爾他們三個和冒險者們還在探索森林。

不過，他們好像已經事先聯絡過，說他們所在位置離「五號村」比較近，所以今晚會在那邊休息。

這點我倒是沒什麼不滿。

隔天早上。

總之，在始祖大人回來之前也沒事可做，所以我陪著孩子們攻略迷宮。

雖說迷宮由海洋種族管理，但是不用對孩子們手下留情喔。要是這麼做，孩子們會生氣。

只不過，麻煩別讓他們通過終點那道海灘傳送門。

……咦？要我到終點海灘做最後試煉的準備？今天也要烤肉？吃同樣的東西會膩吧？

我請海洋種族幫忙說服孩子們，不過失敗了。

海洋種族表示，昨天時間有限來不及準備，今天則因為從昨天就開始準備，所以多出許多海產。

像是很大的蝦子和很大的鮑魚。

…………

最後試煉變成由我負責了。

我們就這樣停留了三天，然而始祖大人依舊沒回來。

女僕小姐倒是來了。

「他們兩位似乎還有話要聊，所以希望各位先回村。」

了解。

冒險者們也還待在「五號村」，那就暫且撤離吧。

於是我們往「五號村」走……啊，安排了馬車？感恩。

我們抵達「五號村」，和戈爾他們及冒險者們會合。

在始祖大人談完之前，冒險者們都得待在「五號村」，報酬方面沒問題嗎？

考慮到住宿的花費後，我邀他們到陽子宅邸下榻，然而他們婉拒了。明明不需要那麼客氣。

戈爾他們要回村，不過會定期來「五號村」和冒險者們聯絡。聯絡工作就拜託你們嘍。

我也沒忘記跑一趟戈隆商會分店，拜託他們送貨到海灘的店。

就這樣，「海岸迷宮」探索之旅結束了。

始祖大人沒有回來，無法確定目標究竟算達成還是失敗，讓人心頭有個疙瘩，令人感到遺憾。不過我們在「海岸迷宮」玩得很開心就是了。

烏爾莎他們直到最後都沒能過關，所以還想再去。下次就夏天去吧。

烤肉就該在夏天嘛。啊，不過那個時間烏爾莎他們應該在學園吧。希望短距離傳送門公路能開通。

始祖大人直到冬天結束才回來。

…………

為什麼薇爾莎也在一起？她極度排斥出門吧？薇爾莎想看看外面的世界？這倒是無妨……

向我報告完之後，你們就要一起離開對吧？希望不會一口氣給她太多刺激……不是？薇爾莎要留在這個村子裡？

…………

不、不，沒有不行啦。歡迎。雖然歡迎，不過希望你鄭重警告她，要她克制自己的嗜好。嗯，鄭重。還有，距離太近了。不能掉以輕心喔。

米兒、拉兒、烏兒與加兒這四隻貓姊姊，一直黏著老虎蒼月。

不過，還沒到無時無刻那麼誇張。貓姊姊們吃飯和上廁所的時候，就會離開蒼月。大約一公尺。

…………

大家都明白，貓姊姊們非常中意蒼月。也有人雖然明白，卻感到很不滿。

首先是魔王。

麻煩不要拿著酒杯對我發牢騷。你還有艾利爾、哈尼爾、賽路爾和薩麥爾四隻小貓在吧？看，牠們不是正在向你撒嬌嗎？真羨慕。

至少一隻來我這裡……魔王比較好？這樣啊。

知道嗎？那些貓姊姊，曾經有段時間搶著待在我頭上喔。

除了魔王之外，貓姊姊們的父親萊基耶爾也感到不滿。

畢竟是父親嘛。女兒們的行為應該讓牠有些意見吧。然而牠只要向賴在蒼月背上的貓姊姊們抱怨，貓姊姊們就會用攻擊魔法回應。

此刻的萊基耶爾，很不爽地趴在我腿上。好啦、好啦。父親就是會有這種待遇。我遲早也……還是算了吧，一想到就難過。

除了魔王和萊基耶爾之外還有一人，或者該說一隻。
我想，蒼月應該也很無奈。
一旦貓姊姊們暫時離開，蒼月就會直盯著我看。從牠的眼神裡，我感受到牠在向我求救。是我的錯覺嗎？
縱然很想確認，我一旦試著靠近蒼月，貓姊姊們就會回來阻擋。傷腦筋。
可是，如果牠真的在求救，我也不能不救牠。該怎麼辦才好呢？
就在我煩惱時，有人悄悄指點我。那個人是莉亞。
「乍看之下是四隻貓趴在老虎身上的溫馨畫面，不過考慮到精神年齡，將牠們擬人化之後……不就變成四個成年女子纏著十歲左右的少年嗎？」
救援！
我將貓姊姊們從蒼月身上拉開，傳給魔王。然後帶著蒼月逃進森林。
貓姊姊們真的生起氣來很恐怖。雖說魔王喝了酒，我完全沒想到他才幾分鐘就被放倒。嗯，雖然魔王似乎毫無抵抗就是了。
儘管這場逃亡之旅只有短短幾分鐘，我和蒼月應該已經是朋友了。
在安的提議下，貓姊姊們禁止進入蒼月的房間。
「牠需要能夠放鬆的空間。」

確實。我完全能體會。

然後，貓姊姊們倒是很聽安的話。可能掌握食物的人就是比較強吧。

貓姊姊們，給妳們一個建議。最好別待在門前對蒼月施壓，這樣會有反效果。

還有，妳們放倒魔王時連萊基耶爾也一併擺平了對吧？這件事讓貓媽媽珠兒很生氣，還是快點逃比較……動作真快。不過，珠兒已經攔在前面了。哈哈哈，不要只有在這種時候找我求救。

妖精女王癱在客廳。

不，看來只是陪孩子們玩到累了。

「因為孩子們沒有極限嘛。」

嗯，說得也是。

至於纏著妖精女王讓她累倒的孩子們，正待在各自的房間睡午覺。我原本以為妖精女王會就這樣睡下去，她卻奮力起身。

「甜點。」

好好好，我去準備。要吃什麼？

「鬆餅。」

妳還真喜歡鬆餅耶。

「疊三層之後在上面放很多冰淇淋和水果，還要淋草莓醬。」

還有新做的奇異果醬喔？

「那麼，第二盤淋那個。第一盤老樣子就好。」

了解。

妖精女王不是人類，是妖精。所以，不需要在意營養不均衡或糖分攝取過量之類的問題。

只不過，孩子們看見妖精女王這樣會仿效，讓人很頭痛。

可是，最近在安她們的指點下，妖精女王也開始會注意孩子們的目光了，實在是幫了大忙。

為了表達感謝之意，我做了和平常一樣的鬆餅。

就在妖精女王吃第一盤時，德斯來了。

「鬆餅啊？不壞耶。」

好好好，我一併準備德斯的份吧。只有德斯你一個嗎？你剛剛不是在和基拉爾與伊絲莉打麻將嗎？

「我輪空。」

現在似乎是基拉爾、伊絲莉、琳夏與馬克四個人在打。

成績……看來別問比較好。

要玩是無妨，但是別像以前那樣拿什麼山啊金礦的來賭喔？要是對孩子們造成影響，我就要禁止打麻將了。

伊絲莉雖然年紀也還小，似乎在打麻將時比較能夠保持冷靜。畢竟來到了陌生的地方嘛，我不會特別制止她。

話說回來，你們現在是賭什麼？糖果？喔，拿裝了糖果的瓶子來計算啊。單位不是一顆兩顆，而是用瓶算，這點我可以睜隻眼閉隻眼……但是伊絲莉背後那一堆瓶子是怎麼回事？她是天才？或許是這樣……不過給人家那麼多糖果，會讓她困擾吧？那些應該夠她吃一輩子不是嗎？回去時拿別的東西和她換吧。

來，這是德斯的鬆餅，還有妖精女王的第二盤鬆餅。

11 等待始祖大人回來時村裡發生的事後續

寶石貓珠兒難得地待在我腿上。而且，牠還擺出「可以摸喔」的姿勢。

我想，大概是為了替貓姊姊們的行動賠罪吧。不用在意喔——我這麼說之後，牠就開始指定摸法。

基本上只能摸背。要順著毛摸，不可以逆向。啊，力道強一點比較好是吧。是這種感覺嗎？好乖、好乖。

然後，在牠旁邊看著的小黑和小雪超過容忍極限之前起身離去……真是厲害。

我一邊摸著把下巴放到我腿上的小黑和小雪，一邊想著珠兒的事。然後被小黑和小雪訓了一頓，要我摸牠們的時候別想些多餘的事。

到了午餐時間，我前往廚房，看見絲依蓮和廓恩混在鬼人族女僕裡面做菜。

照理說這組合應該很稀奇，不過這種景象我也見慣了。絲依蓮和廓恩待得相當久，已經和大家熟到說她們住在這間屋子裡也行的地步了。

唉呀，反正空房間很多，要住下來也無妨。只不過，村裡收到要求絲依蓮和廓恩回去的請願書，對於這點妳們有什麼看法？連基拉爾也回去過好幾次喔？我覺得完全無視不太好……

兩人在村裡都有好好工作，請願書也不是給我的，所以我不會多說什麼。等像基拉爾那樣，請願書送到我這裡的時候再說吧。

確認過廚房的料理進度之後，我就去找馬克、海賽兒，還有德麥姆。

海賽兒在哈克蓮的房外晃來晃去，也是見慣的景象。

我們沒有不准她進房間，她好像顧慮到哈克蓮快生了，所以才待在外面。

很高興妳這麼體貼，但為什麼哈克蓮走出房間時，妳要躲起來啊？這樣看起來很像可疑人物喔。

還有馬克。

你要躲起來守望海賽兒是無妨，但是拜託別抓著天花板的橫梁。這樣讓座布團的孩子們很為難。你們是父女，正常地待在海賽兒身邊不就好了嗎？

會被討厭？我倒覺得沒這回事喔。

無論如何，要吃午餐了，到餐廳集合。

嗯？怎麼啦，海賽兒？

想把午餐端給哈克蓮？

很高興妳有這份心，不過那是我的工作，拜託別和我搶。

再來是德麥姆……我想，他應該在迷宮裡吧。

我換上外出服打開宅邸大門，便看見他迎面走來。德萊姆也在一起啊。

兩人都揹著簍子，大概是一起去採收豆芽菜了吧，真是感謝。畢竟最近「五號村」拉麵街對於豆芽菜的需求量越來越大了嘛。

嗯，雖然需求增加的原因是我教他們會用到豆芽菜的大碗拉麵……

該認真檢討是否要在「五號村」也種豆芽菜了。

只不過，種豆芽菜要讓豆類在陰暗的地方發芽，使它變得又長又軟。如果不靠「萬能農具」，必須特地闢一塊田來種。

考慮到需要一片夠大夠暗的田地，就讓人覺得豆芽菜相當費工夫。單純讓豆子長成豆芽菜，倒是很簡單啦。晚點慢慢想吧。

我從德萊姆和德麥姆手裡接過裝了豆芽菜的簍子，請他們去餐廳。

我？我要把這些豆芽菜和其他送往「五號村」的東西擺在一起，然後換個衣服端午餐給哈克蓮，之後才過去。

儘管我都這麼說了，德萊姆和德麥姆依舊決定與我一起行動。

餐廳。

德斯、萊美蓮，以及火一郎。

基拉爾、古隆蒂，以及古拉兒。

馬克、絲依蓮，以及海賽兒。

德萊姆、拉絲蒂、廓恩，以及德麥姆。龍族分成以上四組，各自就位。因為座位是四人一組……應該說根本就是暖桌吧。

我到德斯他們那邊打擾。

午餐菜色是肉放得較多的蔬菜炒肉、煎蛋捲、白飯、味噌湯與醬菜。沒人挑食，大家就這樣開動，然後吃完。

嗯，火一郎現在也會好好吃飯了。畢竟快當哥哥了嘛。

飯後要一起去哈克蓮那裡嗎？畢竟我還得回收餐具才行。

呃，如果德斯和萊美蓮想一起去也行啦……就在我們吃飽飯聊天的時候，惡魔族的助產師之一過來找我們。

哈克蓮好像要生了。

兩小時後。

哈克蓮平安產下嬰兒。

是個男孩子。而且閃閃發光。

…………

火一郎那時候應該沒像這樣發光才對。

這樣沒問題嗎？德斯和萊美蓮倒是很冷靜。

會自己停止？是這樣嗎？我知道了。

然後，哈克蓮產下的孩子還有一個。

換句話說，這次是雙胞胎。開心程度是兩倍！

助產師們好像已經猜到是雙胞胎，因為無法肯定，所以沒告訴我。嗯，既然無法保證，那還是別說比較……不，我還是希望先講一聲。因為我被嚇到了。

第二個是女孩子，全身被黑暗包覆。

這樣也沒問題對吧？會自己停止對吧？

似乎是。那就好。

總而言之，要感謝協助哈克蓮生產的助產師們。

她們接生男孩時光芒刺眼，接生女孩時眼前又一片黑暗，感覺非常辛苦。

畢竟在孩子出生時，萊美蓮甚至被找來幫忙，當時讓我有點緊張。

似乎需要靠萊美蓮的魔法來抑制我兒子的光和我女兒的暗。

無論如何，母子均安，真是萬幸。

不過，有個問題。

海賽兒的行為讓我一直以為這胎是兒子，所以只有想兒子的名字。女兒的名字怎麼辦？

雖然想找哈克蓮討論名字，剛生完很疲倦的她睡著了。

我一個人想嗎？不智之舉。我在取名字方面缺乏品味。

德斯，別興高采烈地提議。我不會當場決定。

不過，我會當成參考，等到哈克蓮醒了再說。

12 雙胞胎的名字

哈克蓮剛生下的兒子，我原本考慮取名為火次郎（Hinojirou）。

長子火一郎（Hiichirou），次子火次郎。沒有任何問題，只不過日式風格濃了一點。

可是，哈克蓮這次不但生了兒子，還生了女兒。沒想到是雙胞胎。

現在還需要想女兒的名字。既然兒子叫火次郎，那麼女兒就叫火姬子（Hinohimeko）。

……

火姬子。

街尾火姬子。

……

…………

在前一個世界，光是HINOHIMEKO就可以當全名了吧？日野姬子之類的。

還有，雖然對前一個世界的日野姬子小姐很抱歉，這名字還會讓我想到賽馬名——三冠馬火姬子、年度代表馬火姬子，以及挑戰凱旋門大賽（在法國舉行的大型賽事）的火姬子（註：日本登錄賽馬名稱時，馬名按照規定必須由二~九個片假名組成，火姬子的原文為片假名ヒノヒメコ，落在範圍之內）。

……

不行，不管怎麼看都像賽馬的名字。我原本打算等哈克蓮醒來向她提議，還是重想吧。

不，既然是雙胞胎，那麼火次郎或許也重想一個比較好。

既然如此就別糾結火字。說了不糾結，就不糾結。

命名。

兒子，火華琉。女兒，火御子。

哈克蓮醒來後，很快就做了決定。

想了其他名字的德斯、萊美蓮、基拉爾與德萊姆很失望，但是不重要。

火華琉、火御子。嗯，好名字。

話說回來，他們出生已經過了至少半天，卻還是閃閃發光和黑暗籠罩，真的沒問題吧？

按照德斯他們的說法，似乎與生俱來的魔力屬性特別強時，就會有這種現象。雖然罕見，但不會對健康造成影響。

嗯，當前的問題，大概就是直視火華琉，眼睛會痛吧。

老實說，要戴上顏色很深的太陽眼鏡才能看見火華琉的臉，火御子甚至只有萊美蓮用魔法掃除黑暗的那一瞬間才看得到。

…………兩個孩子都很像哈克蓮呢。應該吧。

啊，把雙胞胎貼在一起，光與暗就會中和，能夠看見他們的樣子。太好了。

哈克蓮順利產下雙胞胎，龍族開起盛大的宴會。

村民們也跟著慶祝，不過別忘了拉絲蒂還沒生。雖然預產期大約還有一個月。

…………

嗯，宴會開上一個月可不行。廓恩，令尊來嘍。不去接他好嗎？

這位爸爸，你不需要這麼低聲下氣……你是萊美蓮的弟弟對吧？要我叫萊美蓮過來嗎？呃，再怎麼說也不用縮在房間角落躲她……我、我知道了。待在那邊也可以啦。

看來也有比較低調的龍。

宴會先擺一邊，我還有其他事必須注意。

首先是拉絲蒂。

雖說是第二胎，還是會感到不安吧。雖然女兒拉娜農已經託母親葛菈法倫照顧，應該可以安心……呃，這會不會也是不安要素啊？畢竟拉絲蒂很寵拉娜農嘛。

還有，眼前的宴會。

雖然熱鬧，懷孕中的拉絲蒂不能喝酒，或許會覺得很難受。

為了別讓拉絲蒂不安，我得好好努力。

再來要注意的是海賽兒。

海賽兒在哈克蓮生產之前就已經認定火華琉是她命中注定的丈夫，於是待在村裡。

現在她大概是覺得害羞，沒靠近火華琉……似乎害羞到不好意思露臉。馬克很沮喪，妳儘量避免有些奇怪的舉動比較好。

如果有什麼問題或有事想找人商量，應該可以找妳母親絲依蓮。還有，也可以考慮找古拉兒。畢竟她和火一郎相處融洽。

無論如何，我認為海賽兒要喊哈克蓮「婆婆」還太早了。

我主張自由戀愛。如果火華琉不願意，我會抵抗喔。不，我沒有在開玩笑。

首先，妳該老實地慶祝火華琉出生。剩下的，就等到他明白什麼是戀愛之後，再好好努力。

至於繼續留在村裡這件事，我答應。

最後，則是其他孩子。

即使我自認會公平地對待孩子們，但是不管怎麼說，終究會多放點心思在剛出生的火華琉和火御子身上。

其他孩子對於這種事很敏感。唉，雖說兄弟姊妹很多，事到如今又多兩個應該沒什麼問題，然而對十歲前後的孩子或許會造成影響，這點必須留意。

…………

阿爾弗雷德露出我沒見過的表情。可以用「忍耐」來形容嗎？我以前從沒見過他那樣。我感到很擔心，於是詢問就在不遠處的烏爾莎。

好像是阿爾弗雷德羨慕雙胞胎的光暗，覺得很不甘心。

芙蘿拉看見阿爾弗雷德那副模樣，送了能操縱光暗的手環給他，讓阿爾弗雷德非常開心。

結果他得意忘形玩過頭，把手環的燃料用光。為了補充光與暗，必須把手環分別放到陽光下和黑暗裡，現在要努力忍過那段等待的時間。

原來如此、原來如此。

呃……看來沒問題。

間話 冬日將盡時的傳聞

「五號村」山腳。

兩名男性。

「前輩，真的在這種偏僻的地方嗎？」

「真的啦。快到了。」

「你說快到了，但是這句話我已經聽了好幾次耶。」

「真的快到了啦。仔細聞，有香味對吧？之前在人比較多的地方，結果引來一群被香味吸引的居民，鬧到連警備隊都出動了。」

「確實。半夜聞到這種香味，誰忍得住啊……有了，就是那個攤子對吧？」

「沒錯。不過，你沒忘記我說過的話吧？」

「當然。這間店的事絕對不能告訴任何人，對不對？」

「還有一件事吧？店長怎麼稱呼？」

「叫他老大。」

「很好，走吧。啊，你的份也由我來點，別說話。」

「我知道了……但是不能讓我自己點嗎？」

「不習慣的話很難。先看我怎麼點，然後學起來吧。」

「那就讓小弟見識一下。」

「老大，還有賣吧？嘿嘿嘿，今天很冷嘛，所以我想用拉麵暖暖身子。醬油拉麵兩碗，麻煩嘍。兩碗都要加叉燒。嗯，筷子就行了。酒嘛……『五號村酒』雖然也難以割捨，不過拉麵還是該配啤酒。麻煩啤酒也來兩杯。」

異性情侶。

「如何？很好吃吧？這是我的私房店家喔。」

「的確好吃。不過，為什麼味道這麼好，白天卻沒營業啊？這味道在拉麵街也吃得開吧？」

「是不是不想牽扯上派閥之爭啊？」

「派閥之爭？」

「就是拉麵街的派閥之爭啊。簡單來說，有醬油、豚骨與味噌三大派，在它們底下或說旁邊還有醬油豚骨、醬油味噌和味噌豚骨等結盟的小勢力。這些派閥各自宣稱自己那一派的味道才是什麼至高、究極。啊，鹽味雖然是小勢力，不過要另外算喔。」

「哦？我都不知道耶。現在哪一派比較強？」

「不久前還是醬油豚骨……不，豚骨醬油比較強。醬油豚骨和豚骨醬油是不同勢力，要注意喔。」

「不久前？」

「對，當時豚骨醬油靠著蔬菜增量拉麵風靡一世。我帶你去過一次吧？」

「蔬菜增量……就是那間點中碗卻端出大碗的店？」

「沒錯。雖然好吃又會讓人上癮，不過那種分量還是有人吃不完。後來吃不完成了一大問題，於是蔬菜增量拉麵除了限定數量之外，還變成證照制。」

「證照制……要賣蔬菜增量拉麵還需要證照嗎？」

「啊，不是那樣。需要證照的不是店家，而是顧客。要讓別人確定你吃得完。」

「哦？看這個笑容，該不會……」

「我有證照喔。而且還是上級三段。」

「上級三段？」

「證照有階級之分，從下面算起是初級、中級、上級、上級一段、上級二段、上級三段，大概是這種感覺。有些拉麵不升階吃不到，所以我很努力喔。」

「還、還真是努力耶。」

「嗯。不過，拉麵女王好像是上級七段，所以路還很長。」

「要、要適可而止喔。拉麵雖然不算貴，不過還會加點其他東西嘛。」
「確實。必須多賺點錢才行。」
「工、工作當然也要顧，不過妳想想，還有我們的將來……」
「真希望能組個想吃拉麵時就可以盡情吃拉麵的家庭呢～」
「那是天天吃拉麵的意思吧？」
「只有在想吃的時候盡情吃而已啦。」

兩名婦人。
「太太，那件事妳聽說了嗎？」
「有了一條用傳送門構成的路是嗎？」
「這個當然也很重要，不過我要說的是地下商店街。之前聽說那裡要到春天才會正式開跑，然而其實已經有幾間店開始營業了。」
「喔，似乎有這回事。不過，那聽說是提供給貴族顧客的提前販售。」
「提前販售只有第一天，第二天開始就已經偷偷賣給一般顧客了。」
「偷偷賣？」
「對。我很在意這個消息，所以跑了一趟，但是沒看見任何店鋪營業。」
「那不就代表不是什麼偷偷賣，而是單純的謠言嗎？」

「不，確實營業了。證據就是五金行老闆曾經半夜往地下商店街的方向移動，還有人傍晚時分在地下商店街的入口附近看見麵包店少東。」

「五金行，妳是指哥布里先生的店嗎？」

「對，那個足不出戶的老闆居然特地出門，很奇怪對吧？還有麵包店少東向來帶著跟班，會孤身一人就表示……」

「和酒有關。不過，南側商店聯合會可不曉得這件事喔？」

「別、別生我的氣啦。更何況，那邊是代理村長大人的直轄區，我想應該不必通知商店聯合會。」

「話是這樣沒錯，但是照往例都會說一聲。唯獨這次沒有…………真不對勁耶。」

「不對勁嗎？」

「代理村長大人雖然有時候很強硬，基本上以和為貴。會有這種事……恐怕代理村長也不知情。」

「要調查嗎？」

「不能不查……老大，怎麼啦？咦？地下商店街有矮人的祕密酒館？只是一群愛喝酒的湊在一起，沒做什麼生意，要我們別想得太嚴重？可是……這盤炸雞是你請的？那我不客氣了。」

看似研究人員的男女搭檔。

「拉麵警備隊嗎？」

「沒錯。拉麵在『五號村』很受歡迎對吧？所以說，大家都想做拉麵生意，不過……就連某些不能稱為拉麵的料理，也掛著拉麵的名字在賣喔。」

「這未免太糟糕了。換句話說，拉麵警備隊就是要取締這些東西？」

「對。不過，現在有一個問題。」

「問題？」

「明顯是不同料理的能取締，可是那種擦邊的就難了。假如人家堅持『這是我想出來的拉麵』，就沒辦法出手了。」

「原來如此，確實沒錯。」

「更何況，『拉麵是什麼』這個問題，就算是拉麵警備隊也沒人答得出來。」

「拉麵……把麵泡在溫熱的湯裡……單純這樣還稱不上拉麵呢。如果拿這個當條件，很多料理都能算進去。」

「因為麵、湯和配料都有很多種，所以沒辦法說『這個才叫做拉麵』。當然，取締時也會因此產生衝突。」

「真是麻煩耶～啊，不然第一個在『五號村』賣拉麵的『麵屋布里多爾』店長給予認可就OK，怎麼樣？」

「不能給『麵屋布里多爾』的店長和店員添麻煩吧？這樣一來，會讓本來就排得很長的隊伍變得更長耶。」

「『麵屋布里多爾』太受歡迎了，如果沒有一大早就開始排隊，根本就吃不到啊……那不就束手無策了嗎？」

「我也這麼想，然而拉麵是『五號村』的招牌料理，總不能讓它評價掃地吧？所以，我去找代理村長申訴了。」

「你跑去申訴嗎？」

「對，我去申訴了。」

「……結果怎麼樣？」

「代理村長找村長商量，得到的解答就是這碗拉麵。」

「……麵和湯分開的拉麵嗎？」

「這個好像叫做沾麵。雖然和以往的拉麵不一樣，不過它也是拉麵喔。順帶一提，似乎也有冷的拉麵，雖然好像因為現在是冬天，所以才沒賣。」

「冷的拉麵啊？拉麵越來越難定義了呢。嗯，好吃。麵條過了冷水變得緊實彈牙，和熱湯構成絕妙的平衡。不過，這麼一來湯不是很快就會變溫嗎？」

「在湯變溫之前吃完──雖然我很想這麼說，只要和店員說一聲，他們就會幫忙重新加熱喔。」

「服務真是周到。不過，這湯太濃了，沒辦法喝耶。」

「麵吃完以後，可以請他們另外加清湯。」

「把湯沖淡……原來如此，毫無破綻。可是，代理村長為什麼會搬出沾麵和冷的拉麵呢？」

「雖然擅自亂想是種褻瀆，但是拉麵不需要定義──我猜可能是這樣。」

「畢竟要是加上限制，說不定就再也看不到新的拉麵了嘛。」
「沒錯、沒錯。店長……不對，老大。沾麵可以加麵嗎？麻煩給我一球。」
「啊，我也要…………不過，這種沾麵還沒有公開發表對吧？儘管如此，這間店卻端得出來……」

兩名冒險者。

「聽說那些從王都來的冒險者，發現了很多還能用的傳送門喔。真厲害耶。」
「是啊。而且，實在令人羨慕。當個冒險者，就該找到一些像那樣的遺物嘛。」
「一點也不錯。不過，也有聽到奇怪的傳聞。」
「奇怪的傳聞？」
「他們將那些找到的傳送門轉讓給魔王大人，魔王大人要用那些傳送門將王都和『夏沙多市鎮』與這個『五號村』連通，這件事你已經聽說了吧？」
「當然嘍……這就是你所謂奇怪的傳聞嗎？」
「不是啦。其實啊，那些用來設置傳送門的土地，據說秋天就開始談了。」
「……千真萬確嗎？」
「都是傳聞，所以不確定。不過，會出現這種傳聞，就代表事有蹊蹺吧？」
「是啊。就算被人家認為他們早就知道會發現傳送門，也不足為奇。」
「早就知道會發現傳送門……所以才特地從王都叫來冒險者探索……從這些能推測出來的是？」

「………………………抱歉，我不知道。」

「也是，我也弄不懂。為什麼要搞得這麼麻煩啊？」

「代表傳聞只是傳聞吧？好比說，可能原本打算交涉土地做別的事，只是後來發現了傳送門，才改變用途之類的。」

「挪用嗎……嗯……總覺得哪裡怪怪的呢……嗯？老大，這盤泡菜是？你請的？不好意思啊。」

「吃完拉麵之後來盤泡菜真是清爽耶。能不能再給我一杯啤酒啊？」

「我也要、我也要。」

獸人族三人組。

「村……不對，老大。我們總算找到你說的魔像了。」

「畢竟在冒險者之間廣為流傳嘛。找到它雖然不難，但是要逮到它就累了～」

「嗯嗯嗯。仔細一想，賣東西的魔像其實不需要戰鬥能力吧？確實以防盜考量來說，多少需要一點……但是那已經不叫一點了。」

「機動力有夠誇張。而且，需要讓它跳那麼高嗎……我要開動了。這片叉燒是送的？謝謝。」

「話說回來，拉姆莉亞斯媽……姊姊在這裡當店員好嗎？我原本還以為妳會站在反對那一邊。滷心蛋真好吃。」

「原來是為了蒐集情報和新口味拉麵的測試啊。咦？預定只到今天？還好趕上了……咦？老大，對面那些客人一臉絕望耶，有公告只到今天……看來沒有。拉麵的重點果然還是麵條耶。」

「那你的叉燒我就收……是，抱歉。不可以對別人盤子裡的東西下手，我知道。所以不要那樣瞪我啦，拉姆莉亞斯媽媽……不對，拉姆莉亞斯姊姊。妳看，對面的客人好像要點餐喔。」

「總而言之，我們吃完之後就來幫村長……不對，幫老大的忙吧。剛剛有人聽到今天是最後一天，已經去呼朋引伴了。」

「不是幫忙收攤嗎？」

「留在這裡的人會點餐拖時間，大概沒辦法收攤。而且麵和湯看起來都還剩下不少。」

「已經有心理準備了是吧。」

「是啊。不過，反正還有時間，我想再來一碗應該也行。」

「我也這麼想。」

「是啊。老大，再來一碗～！」

Farming life
in another world.
Presented by Kinosuke Naito
Illustration by Yasumo

13

登場人物辭典

Characters
Iseki Nonbiri Nouka

◎人類

【街尾火樂】
穿越者暨「大樹村」村長，在異世界努力從事過去夢想的農業。

【畢莉卡・溫埃普】
年紀輕輕就拜入劍聖門下。展現才華後，因為道場出了麻煩而成為道場主人。為了擁有與劍聖稱號相符的強大，正在修練劍術。

【娜西】
加特的太太，娜特的母親。

NEW **【伊絲莉】**
在學園結識烏爾莎他們的殺手？

◎地獄狼族

【小黑】
村內地獄狼的代表，也是狼群的首領。喜歡番茄。

【小雪】
小黑的伴侶。喜歡番茄、草莓與甘蔗。

【小黑一／小黑二／小黑三／小黑四　其他】
小黑跟小雪的孩子們，排行一直到小黑八。

【愛莉絲】
小黑一的伴侶。優雅恬靜。

【伊莉絲】
小黑二的伴侶。個性活潑。

【烏諾】
小黑三的伴侶。應該很強。

【耶莉絲】
小黑四的伴侶。喜歡洋蔥。性情凶暴？

【吹雪】
小黑四與耶莉絲的孩子。是變異種的冥界狼。全身雪白。

【正行】
小黑二與伊莉絲的孩子。有多位伴侶，是隻後宮狼。

◎惡魔蜘蛛族

【座布團】
村內惡魔蜘蛛的代表，負責製作衣物。喜歡馬鈴薯。

【座布團的孩子】
座布團所生的後代。一部分會於春天離家旅行，剩下的留在座布團身邊。

【枕頭】
座布團的孩子。第一屆「大樹村」武鬥會的優勝者。

諾斯底蜂種

【蜂】

村裡飼養的蜜蜂。與座布團的孩子維持共生（？）關係，為村子提供蜂蜜。

吸血鬼

【露露西・露】

村內吸血鬼的代表，別名「吸血公主」。擅長魔法，喜歡番茄。

【芙蘿拉・薩克多】

露的表妹。精通藥學，正在努力研究味噌與醬油。

【始祖大人】

露和芙蘿拉的爺爺。科林教的首領，人們稱他為「宗主」。

【阿爾弗雷德】

火樂與吸血鬼露的兒子。

【露普米莉娜】

火樂與吸血鬼露的女兒。

鬼人族

【安】

村內鬼人族的代表兼女僕長，負責管理村裡的家務。

【拉姆莉亞斯】

鬼人族女僕之一。主要負責照顧獸人族。

天使族

【蒂雅】

村內天使族的代表，別名「殲滅天使」。擅長魔法，喜歡黃瓜。

【格蘭瑪莉亞／庫德兒／可羅涅】

蒂雅的部下，以「撲殺天使」的稱號聞名。不時要負責抱著村長移動。

【琪亞比特】

天使族族長的女兒。

【蘇爾琉／蘇爾蔻】

雙胞胎天使。

【瑪爾比特】

琪亞比特的母親。天使族族長。

【琳夏】

蒂雅的母親。

【蒂潔爾】

火樂與天使族蒂雅的女兒。

【奧蘿拉】

火樂與天使族蒂雅的女兒。

【蘇爾蘿】

蘇爾琉與蘇爾蔻的母親。

蜥蜴人

【達尬】

村內蜥蜴人的代表。右臂纏有布巾，力氣很大。

【娜芙】

蜥蜴人之一。主要負責照顧二號村的半人牛族。

◉高等精靈

【莉亞】

村內高等精靈的代表，以旅行兩百年所培養出的知識，負責村子的建築工作（？）。

【莉格涅】

莉亞的母親。相當強。

【莉絲／莉莉／莉芙／莉柯特／莉婕／莉塔】

莉亞的血親。

【菈法／菈莎／菈菈薩／菈露／菈米】

跟莉亞她們會合的高等精靈。

◉加爾加魯德魔王國

【魔王加爾加魯德】

魔王。照理說應該很強才對。

【比傑爾・克萊姆・克洛姆】

魔王國四天王之一，負責外交工作，封伯爵。勞碌命。傳送魔法使用者。

【葛拉茲・布里多爾】

魔王國四天王之一，負責軍事工作，封侯爵。雖是軍略天才卻喜歡上前線。種族是半人牛。

【芙勞蕾姆・克洛姆】

村內魔族暨文官少女組的代表。暱稱「芙勞」，是比傑爾的女兒。

【優莉】

魔王之女。擁有未經世事的一面，曾在村子住過幾個月。

【文官少女組】

優莉跟芙勞的同學兼朋友。在村裡擔任芙勞的部下非常活躍。

【菈夏希・德洛瓦】

文官少女組之一，伯爵家的千金。主要負責照顧三號村的半人馬族。

【荷・雷格】

魔王國四天王，負責財務工作。暱稱「荷」。

【安妮・羅修爾】

魔王之妻。貴族學園的學園長。

【阿蕾夏】

以商人名額進入貴族學園就讀。畢業後，擔任學園的職員。

【安德麗】

普加爾伯爵的七女。在貴族學園結識戈爾他們。

【琪莉莎娜】

格里奇伯爵的五女。在貴族學園結識戈爾他們。

◉龍

【德萊姆】

在南方山脈築巢的龍，別名為「守門龍」。喜歡蘋果。

【葛菈法倫】

德萊姆的夫人，別名「白龍公主」。

【拉絲蒂絲姆】

村內龍族代表，別名「狂龍」。是德萊姆和葛菈法倫的女兒。喜歡柿餅。

【德斯】
德萊姆等人的父親，別名「龍王」。

【萊美蓮】
德萊姆等人的母親，別名「颱風龍」。

【哈克蓮】
德萊姆姊姊（長女），別名「真龍」。

【絲依蓮】
德萊姆姊姊（次女），別名「魔龍」。

【馬克斯貝爾加克】
絲依蓮的丈夫，別名「惡龍」。

【海賽兒娜可】
絲依蓮和馬克斯貝爾加克的女兒，別名「暴龍」。

【賽琪蓮】
德萊姆的妹妹（三女），別名「火焰龍」。

【德麥姆】
德萊姆的弟弟。

【廓恩】
德麥姆的妻子。父親是萊美蓮的弟弟。

【廓倫】
賽琪蓮的丈夫。廓恩的弟弟。

【古拉兒】
暗黑龍基拉爾的女兒。

【火一郎】
火樂與哈克蓮的兒子。人類與龍族的混血。

【基拉爾】
暗黑龍。

【古隆蒂】
多（八）頭龍。基拉爾的太太。古拉兒的母親。

【梅托菈】
混代龍族。負責照料在學園生活的孩子們。別名「丹妲基」。

【托席菈】
混代龍族。在萊美蓮底下工作。梅托菈的妹妹。

◉古惡魔族

【古吉】
德萊姆的隨從，也是相當於智囊的存在。

【布兒佳／史蒂芬諾】
古吉的部下，現在擔任拉絲蒂絲姆的傭人。

【普拉妲】
在德萊姆巢穴工作的惡魔族女僕之一。嗜好是蒐集藝術品。

NEW **【薇爾莎】**
始祖大人的妻子。

◉惡魔族

【庫茲汀】
四號村的代表。村內惡魔族的代表。

◉獸人族

【格魯夫】
從好林村移居至大樹村的戰士。負責擔任村長的護衛。

【賽娜】
村內獸人族的代表，從好林村移居至大樹村。

【瑪姆】
獸人族移民之一。主要負責照顧樹精靈族。

【戈爾】
幼年時移居至大樹村的三個男孩之一。個性認真。

【席爾】
幼年時移居至大樹村的三個男孩之一。容易衝動。

【布隆】
幼年時移居至大樹村的三個男孩之一。做事可靠。

【加特】
好林村村長的兒子，賽娜的哥哥。村裡的鍛冶師。

【娜特】
加特和娜西的女兒。生而為父方種族獸人族。

◉長老矮人

【多諾邦】
村內矮人的代表。最早來到村裡的矮人，也是釀酒專家。

【威爾科克斯／庫洛斯】
繼多諾邦之後來到村子的矮人，也是釀酒專家。

◉夏沙多市鎮

【麥可・戈隆】
人類。夏沙多市鎮的商人，戈隆商會的會長。極其正常的普通人。

【馬龍】
麥可先生的兒子。下任會長。

【提特】
馬龍的堂弟。戈隆商會的會計。

【蘭迪】
馬龍的堂弟。戈隆商會的採購。

【米爾弗德】
戈隆商會的戰鬥隊長。

◉山精靈

【芽】
村內山精靈的代表，是高等精靈的亞種（？）。擅長建築土木工程。

◉半人蛇

【裘妮雅】
南方迷宮統治者。下半身為蛇的種族。

【絲涅雅】
南方迷宮的戰士長。

◉半人牛

【哥頓】
村內半人牛族的代表，是身軀龐大而且頭上長牛角的種族。

【蘿娜娜】
派駐員。魔王國四天王之一的葛拉茲為她著迷。

◉半人馬

【古露瓦爾德・拉比・柯爾】
村內半人馬族的代表。是一種下半身為馬的種族，腳程飛快。

【芙卡・波羅】
雖是男爵，卻是個小女孩。

◉樹精靈

【依葛】
村內樹精靈族的代表。是一種能變成樹樁和人類模樣的種族。

◉大英雄

【烏爾布拉莎】
暱稱「烏爾莎」。原為死靈王。

◉巨人族

【烏歐】
渾身長滿毛的巨人。性情溫厚。

◉墨丘利種（人工生命體）

【葛沃・佛格馬】
太陽城城主輔佐。初老。

【貝爾・佛格馬】
種族代表。太陽城城主首席輔佐。女僕。

【阿薩・佛格馬】
太陽城城主的專屬管家。

【芙塔・佛格馬】
太陽城的領航長。

【米優・佛格馬】
太陽城的會計長。

◉九尾狐

【陽子】
活了數百年的大妖狐。
據說戰鬥力與龍族相當。

【一重】
陽子的女兒。
已經誕生百年以上，不過還很幼小。

◉妖精

【妖精】
有翅膀的光球（乒乓球大小）。
喜歡甜食。村裡約有五十隻。

【人型妖精】
嬌小的人型妖精。村裡約有十人。

【妖精女王】
人類樣貌的妖精女王。成年女性，高個子。人類小孩的守護者，在人界受到許多人尊崇。但龍不擅長應付妖精女王。

◉不死鳥

【艾基斯】
圓滾滾的雛鳥。跑步比飛行快。

◉蛇神族

【妮姿】
修得人身的蛇。同時也是蛇神的使徒，能夠和蛇對話。

◉雙頭犬

NEW
【歐爾】
有兩個頭的狗。比小黑牠們弱。

◉老虎

NEW
【蒼月】
聖獸山月的子孫。

◉其他

【史萊姆】
在村子裡的數量與種類日益增加。

【牛】
分泌牛奶，不過牛奶產量不像原世界的牛那麼多。

【雞】
提供雞蛋，不過雞蛋產量不像原世界的雞那麼多。

【山羊】
分泌山羊奶。一開始性格狂野，但後來變乖了。

【馬】
為了讓村長移動用而購買的。對古露瓦爾德抱持競爭意識。

【酒史萊姆】
村內的療癒代表。

【死靈騎士】
身穿鎧甲的骷髏，帶著一把好劍。劍術高手。

【土人偶】
烏爾莎的隨從。總是努力打掃烏爾莎的房間。

【貓】
火樂撿回來的貓。充滿謎團的存在。

Farming life
in another world.
Presented by Kinosuke Naito
Illustrated by Yasumo

後記

大家好，我是內藤騎之介。

最近，我轉生到異世界了。

我本來在那裡過著不引人注目的低調生活，卻牽扯上某國公主的騷動，把襲來的敵人解決掉之後，不知為何成了一國之君。

公主呆呆地看著我，該不會我又幹了什麼蠢事吧？還是說她對於當我的太太感到不滿？我想我們該好好討論一下。

好的，以上當然都是謊言。純粹是找不到話題才這麼做，非常抱歉。

之所以寫這些東西，是因為雖然一直無法外出的狀況有了些改善，卻因為忙著應付原稿和其他有的沒的，到頭來還是沒辦法出門而成天窩在家裡，腦袋裡充斥著妄想。更正，是因為沒有其他活動。

其實也沒那麼嚴重，但是我規定自己在執筆時不能碰書本和遊戲。理由在於會受到影響，並不是因為我會把自己認為「啊，不錯耶。」的橋段或角色也放進作品之中，實際上剛好相反，而是因為我討厭讓人家認為我受到某某作品影響，所以會刻意避免寫出那些讓我覺得不錯的橋段或角色，這樣很麻煩。

然後呢，雖然應該有人認為：「沒在忙原稿的時候，不也一樣嗎？」不過沒在處理原稿的時候，書本和遊戲會提供營養。特別是書，看見有趣的內容，我就會擅自產生競爭心理，想著：「怎麼能輸啊～」有助於增加寫作欲望。這種事實在求之不得。有趣的書啊，多來一點吧。

對了、對了，話說回來啊，其實我想要間房子。獨棟的。

上次談到放積木的地方和噪音等話題，不過和那些都沒關係，而是我想起自己的初衷。

沒錯，我想要一間有水池的房子。對，水池。有水池的房子。

貓型機器人從未來造訪的國民動畫裡，有段劇情是某個很有錢的角色在自家水池玩遙控船，看到那段之後，讓我想要一間有大水池的房子。

一間有水池的房子還真棒呢。

我查了地價。然後感到絕望。今後我要避免去思考這種事。

好啦，回歸正題。

來到十三集了。嗯～順利。希望十四集也能照這樣努力下去。然後，最好十五集也是！哦哦！夢想遠大。（自賣自誇）

這部《異世界悠閒農家》，很榮幸地也有人來洽談動畫化……啊！早知道拿動畫化當話題就好了。啊，不，不曉得可以透露多少情報，所以不能寫吧（註：此為日文版出版當時情形）。

呃～今後我也打算悠閒地努力下去。

這次就到此為止，我們下集再見吧。再會嘍。

作者 內藤騎之介

Kinosuke Naito

大家好，我是內藤騎之介。
一顆在情色遊戲農田裡收成的圓滾滾鄉下土包子。
過著有大量錯字漏字的人生。
還請多多指教。

插畫 やすも

Yasumo

有時玩遊戲，有時畫圖。
是一位插畫家。
希望自己能創作出更多元的題材。

異世界悠閒農家

13

露&蒂雅的下集預告閒～聊

大家好，我是這部作品的究極女主角，露！

大家好，我是蒂雅。呃，怎麼突然冒出這句話啊？

要是不宣傳一下，感覺戲分會越來越少……

也就是做些沒用的抵抗。

不會沒用啦。這樣確實有效果。

效果？真的嗎？

是啊。證據就是這篇下集預告。這裡基本上由封面角色負責，不過封底角色也在範圍內喔。

也就是說？

本來考慮讓烏爾莎和小黑的子孫來，但是在我的宣傳之下翻盤了（得意）。

我、我一點也不想知道這種事。

呵呵呵，感謝我吧。說是這麼說，不過下集預告還是要好好做喔！

14

即將發售！

Next
Farming life
in another world.

說、說得也對。我會加油的。呃，下一集是……村長來到這個世界第十八年的故事！

十八年……我來村子是第二年，已經過了好一段時間了呢～

我是第三年。時間過得真快耶。

儘管如此，戲分卻……

露，談到這個就要回開頭了。繼續下集預告吧。

說得也是。下一集會把和電影有關的故事也放進來吧？

我想應該會吧。要是沒放就抱歉嘍。

真模稜兩可耶～不過，這才是悠閒農家啊！那麼，下一集也請多指教！我是究極女主角露！

下一集也請多多指教嘍。以上，由普通的女主角蒂雅為大家提供。

那麼再會嘍。

倖存錬金術師的城市慢活記 1~6 完

Kadokawa Fantastic Novels

作者：のの原兎太　插畫：ox

這是居住在魔森林的精靈與魔物，
以及人類之間的故事。

對吉克蒙德失去信任的瑪莉艾拉從「枝陽」離家出走。就像是要「回老家」似的，瑪莉艾拉為了尋找師父芙蕾琪嘉，與火蠑螈及「黑鐵運輸隊」一同前往「魔森林」。然而……

各 **NT$260~300/HK$87~98**

邊境的老騎士 1~5（完）

Kadokawa Fantastic Novels

作者：支援BIS　插畫：菊石森生　角色原案：笹井一個

美食史詩的奇幻冒險譚最終幕！
燃燒生命而活，直到最後一刻——

巴爾特總算踏上解開魔獸與精靈之謎的旅程。他從與龍人的邂逅中得到新線索並逐漸逼近世界的祕密。就在這時，帕魯薩姆王宮遭到意料之外的勢力所襲擊。巴爾特被迫面臨處於劣勢的防衛戰。面對身懷壓倒性力量的對手，他該如何與之對抗呢？

各 **NT$240~280/HK$75~93**

因為不是真正的夥伴而被逐出勇者隊伍，流落到邊境展開慢活人生 1~11 待續

Kadokawa Fantastic Novels

作者：ざっぽん　插畫：やすも

「哥哥，暑假就去南方的島嶼度假嘛！」
大家齊聚一堂，準備來一段慢活假期！

以「勇者」梵為中心的騷動告一段落，回歸安穩生活的佐爾丹正處於盛夏。然而劉布先前所「預言」的，關於坦塔加護一事在雷德腦海裡揮之不去——可是處在佐爾丹的盛夏悶熱中，實在很難靜下心來思考……於是在露緹的提議下，決定一起去度假！

各 **NT$200~240/HK$70~80**

國家圖書館出版品預行編目資料

異世界悠閒農家/內藤騎之介作 ; Seeker譯. -- 初版.
-- 臺北市 : 臺灣角川股份有限公司, 2023.08-
冊 ;　公分
譯自 : 異世界のんびり農家
ISBN 978-626-352-807-9(第13冊 : 平裝)

861.57　　112009560

Kadokawa
Fantastic
Novels

異世界悠閒農家 13

（原著名：異世界のんびり農家 13）

2023年8月16日　初版第1刷發行

作　　者：內藤騎之介
插　　畫：やすも
譯　　者：Seeker

發 行 人：岩崎剛人
總 編 輯：蔡佩芬
編　　輯：彭曉凡
美術設計：莊捷寧
印　　務：李明修（主任）、張加恩（主任）、張凱棋

發 行 所：台灣角川股份有限公司
地　　址：104台北市中山區松江路223號3樓
電　　話：（02）2515-3000
傳　　真：（02）2515-0033
網　　址：www.kadokawa.com.tw
劃撥帳戶：台灣角川股份有限公司
劃撥帳號：19487412
法律顧問：有澤法律事務所
製　　版：巨茂科技印刷有限公司
ISBN：978-626-352-807-9